红色经典

铭/记/历/史　缅/怀/先/烈　珍/爱/和/平

红色经典

铭／记／历／史　　缅／怀／先／烈　　珍／爱／和／平

弘文精品

红色经典

红色经典文学丛书

风云初记

精简版

孙犁 著

民主与建设出版社
·北京·

序言

徐光耀

当代著名作家 电影编剧家
抗日战争亲历者
"小兵张嘎之父"

一位老八路军的自白

徐光耀/文

回顾我的一生,有两件大事,打在心灵上的烙印最深,给我生活、思想、行动的影响也至巨,成了我永难磨灭的两大情结。这其中一件便是抗日战争。

我是1938年参加八路军的,当时十三岁,以后一直在部队工作了二十年,经历了抗日、解放、抗美援朝三场战争,大小战斗打过一百多次。抗战八年,可以说,无论什么罪——苦、累、烦、险,急难焦虑,生关死劫,都受过了;熏过一回毒瓦斯,还落在鬼子手里一次,但都闯过来了。大背景是全民受难,大家都奋斗,都吃苦,流了那么多血,死了那么多人,个人星点遭际,有什么值得絮叨的呢?

然而,永远难忘的是那些浴血英雄,是那些慷慨捐躯的烈士。他们没有计较过衣食男女之事,没有追求过功名利禄之私,即使死去了,也没给自己或亲族留下私财私产,最后拥有的仅仅是祖国大地上的一抔黄土！可正是这个赤条条，才显出他们那牺牲精神的纯洁神圣、伟大崇高！如果说人性，还有比这种人性更高尚的吗？

斗争的激剧、残酷、壮烈，不仅激发了人们的昂扬斗志、崇高品德，也极大地密切了军民、军政、同志之间的血肉联系，大家在救亡图存、为共产主义奋斗的光辉理想照耀下，前赴后继，视死如归，把流血牺牲当作家常便饭。英雄故事，动人业绩，日日年年，层出不穷。昨天还并肩言笑，挽臂高歌，今儿一颗子弹飞来，便成永诀。这虽司空见惯，却又痛裂肝肠。事后回想，他们不为升官，不为发财，枕砖头，吃小米，在强敌面前，昂首挺胸，迸溅鲜血，依然迈过一堆堆尸体，往来穿行于枪林弹雨之中，这精神，这品格，能不令人崇仰敬佩，产生感激奋励之情吗？

但我们终于挺过来，胜利了。回头一想，那需要写文悼念以光大其事的人，又有多少啊，真是成千上万，指不胜屈。再一想，他们奋战一生，洒尽热血，图到了什么，又落下了什么呢？简直什么也没有。有些人，甚至连葬在何处都不知道！正所谓活不见人，死不见尸。但是，他们还是留下了，留下的是为民族自由、阶级翻身、人类解放的伟大实践，和那令鬼神感泣的崇高精神。这精神，是中华民族生存的支柱、前进的脊梁，是辉耀千古的民族骄傲。

所以，当有朋友说想为广大青少年编一套"红色经典文学"系列丛书，并且一再邀请我作序，我欣然同意了。历史和现实都告诉我们，青少年一代有理想、有担当，国家就有前途，民族就有希望，实现我们的发展目标就有源源不断的强大力量。

"红色经典文学"系列丛书精选了多位作家在重要历史时期的、最具代表性的、能激励青少年积极向上而且至今都具有深刻教育

序言

意义的优秀作品，旨在为广大青少年提供一套集教育性和可读性于一体的革命传统教育读本。这套书不仅弘扬红军战士、八路军战士、游击队员以及儿童团员不怕艰难困苦、坚韧不拔、可歌可泣的革命精神，而且展现了当时青少年发愤图强、不屈不挠，时刻准备着为共产主义事业贡献终生的积极风貌。

壮歌慷慨谁能忘，英雄豪气贯长虹。书中一个个鲜活的历史人物，一曲曲惊天的慷慨壮歌，一阵阵激荡的历史风云，承载着无上的光荣伟大，蕴含着丰富的民族智慧，闪烁着璀璨的精神之光。历史如同一面镜子，透过它，青少年们才能发现今天幸福生活的来之不易。无数优秀的中华儿女为了民族的独立、人民的解放，甘愿抛头颅、洒热血、前赴后继，他们的先进事迹时刻激励着后人们，他们永远是我们中华民族的骄傲，永远是我们学习的榜样。

希望广大青少年阅读这些革命传统教育读本，可以在缅怀中感动，在感动中汲取力量，并将这种力量化作心中闪闪的红星，指引他们秉承前辈们的遗志，认真学习，为实现中华民族伟大复兴的中国梦添砖加瓦，迎接和创造更加灿烂辉煌的明天！

2020 年 7 月 29 日于自拔斋

人物档案

春儿

人物分析：小说的主要人物之一。虽然她只是一个普通懵懂的农村女孩，却始终保持着一颗积极向上的心。她支持人民武装抗日，鼓励芒种加入红军队伍，她积极参加"妇救会"等组织，努力学习文化知识，后来又积极入党，从一个单纯、美丽、明净的女孩渐渐成长为理性、成熟、有着坚定理想的革命女性。

性格特点：淳朴善良、纯真热情、顽强斗争

芒种

人物分析：原是子午镇大户田大瞎子家的小长工，八路军来到子午镇之后，积极响应，在春儿的支持下第一个参军。在八路军队伍中，他不断成长，从一个毛头小子长成一位信念坚定的战士……

性格特点：淳朴善良、积极斗争、信念坚定

人物档案

高庆山

人物分析： 在十年前的农民暴动失败后离开家乡，继续寻找革命道路。十年后再次归来，继续以一颗坚决、热忱的心领导家乡人民组建人民自卫队，带领众人与敌人展开英勇的搏斗。春儿、芒种等人也是在他的影响下逐步成长的。

性格特点： 信念坚定、勇于斗争、沉稳大气

高四海

人物分析： 高庆山的父亲，十年前农民暴动的主要领导人物，暴动失败后，他送走了自己唯一的儿子，将希望全部寄予在儿子身上，但是他自己也不曾忘记过反抗。八路军和党组织来到他的家乡后，他积极响应，带领当地的农民用自己的方式与敌人恶霸相抗衡。

性格特点： 淳朴善良、积极抗争、大局为重

目录

第一章 1

第二章 14

第三章 27

第四章 32

第五章 41

第六章 54

第七章 57

第八章 61

第九章 71

第十章 81

第十一章 99

第十二章 110

第十三章 114

目录

第十四章 …………………………………… 125

第十五章 …………………………………… 130

第十六章 …………………………………… 133

第十七章 …………………………………… 137

第十八章 …………………………………… 141

第十九章 …………………………………… 145

第二十章 …………………………………… 149

第二十一章 ………………………………… 162

第一章

（一）

　　一九三七年春夏两季，冀中平原大旱。五月，滹沱河底晒干了，热风卷着黄沙，吹干河滩上蔓延生长的红色的水柳。三棱草和别的杂色的小花，在夜间开放，白天就枯焦。农民们说：不要看眼下这么旱，定然是个水涝之年。可是一直到六月初，还没落下透雨，从北平、保定一带回家歇伏的买卖人，把日本侵略华北的消息带到乡村。

　　河北子午镇的农民，中午躺在村北大堤埝的树阴凉里歇晌。在堤埝拐角一棵大榆树下面，有两个年轻妇女对着怀纺线。从她们的长相和穿着上看，好像姐妹俩，小的十六七岁，大的也不过二十七八。姐姐脸儿有些黄瘦，眉眼带些愁苦；可是，过多的希望，过早的热情，已经在妹妹的神情举动里，充分地流露出来。

　　她们头顶的树叶纹丝不动，知了叫得焦躁刺耳，沙沙的黏虫屎，掉到地面上来。

　　远处有一辆小轿车，在高的矮的、黄的绿的庄稼中间，红色的托泥和车脚一闪一闪。两个乌头大骡子，在中午燥热的太阳光里，甩着尾巴跑着。

　　两个妇女侧着身子看，姐姐说："又有人回家了！"

　　"我看是不是俺姐夫？"妹妹站起身来。

　　"你就不想念咱爹？"姐姐说。

"我谁也想,可是想不回来!"妹妹提着脚跟,仔细看了一会儿,赶紧坐下拧起纺车来,嘟囔着说:

"真败兴!那是大班的车,到保(定)府去接少当家的,死着回来了。咱的人,一个也不回来,今年不知道能回来一个也不?"

轿车跑到村边,从她们眼前赶进了寨门。大把式老常从前辕跳下来,摇着带红缨的长苗鞭,笑着打了个招呼。少当家的露着一只穿着黑色丝袜子的脚,也从车里探出头来望了她们一眼。她们低着头。

这姐妹两个姓吴,大的叫秋分,小的叫春儿。大的已经出嫁,婆家是五龙堂。

五龙堂是紧靠滹沱河南岸的一个小村庄,河从西南上滚滚流来,到了这个地方,突然拘挛儿一下,转了一个死弯。五龙堂的居民,在河流转角的地方,打起高堤,钉上桩木,这是滹沱河有名的一段险堤。

这小村庄站立在平原上,实际上是生活在风险的海里。人民的生活很苦,多少年来,人口和住户增加得很少。

每年大水冲了房,不等水撤完,他们就互助着打甓烧砖,刨树拉锯,盖起新房来。房基打得更坚实,墙垒得更厚,房盖得比冲毁的更高。他们的房没有院墙和陪衬,都是孤零零的一座北屋,远处看去,就像一座一座的小塔。台阶非常高,从院子走到屋里,好像上楼一样。

秋分的公爹叫高四海,现在有六十岁了。这一带村庄喜好乐器,老头儿从光着屁股就学吹大管,不久成了一把好手。他吹起大管,十里以外的行人,都能听到。

这老人不只是一个音乐家,还是有名的热情人,村庄活动的组织家。

十年以前,这里曾有一次农民的暴动,暴动从高阳、蠡县开始,各个村庄都打出了红旗,集在田野里开会。红旗是第一次在平原上出现,热情又鲜明。高四海和他十八岁的儿子庆山,十七岁刚过门的儿媳秋分全参加了。因为勇敢,庆山成了一个领袖。

可是只有几天的工夫,暴动很快地失败了。一个炎热的日子,暴动的农民退到河堤上来，把红旗插在五龙堂的庙顶。农民做了最后的抵抗，庆山胸部受了伤。到了夜晚，高四海拜托了一个知己，把他和本村一个叫高翔的中学生装在一只小船的底舱，逃了出去。

风雨锤炼着革命的种子，把它深深埋藏在地下，嘱咐它等待来年春天，风云再起的时候……

庆山出去，十年没有音信，死活不知。和他一块逃走的那个学生，在上海工厂里被捕，去年解到北平来坐狱，才捎来一个口信，说庆山到江西去了。

高四海只有四亩地，全躺在河滩上，每年闹好了，收点小黑豆。他在堤埝上垒了一座小屋，前面搭了一架凉棚，开茶馆卖大碗面。这里是一个小小的渡口。

秋分擀面，公公拉风箱。老人从村里远远挑来甜水，卖给客人，又求过往的帆船，从正定带些便宜的大砟，这样赚出两口人的吃喝。

秋分在小屋的周围，都种上菜，小屋有个向南开的小窗，晚上把灯放在窗台上，就是船家的指引。她在小窗前面栽了一架丝瓜，长大的丝瓜从浓密的叶子里垂下来，打到地面。又在小屋的西南角栽上一排望日莲，叫它们站在河流的旁边，辗转思念着远方的行人……

每年春夏两季，河底干了，摆渡闲了，秋分就告诉公公不要忘记给望日莲和丝瓜浇水，回到子午镇，来帮着妹妹纺线织布。

子午镇和五龙堂隔河相望，却不常犯水，村东村北都是好胶泥地，很多种成了水浇园子，一年两三季收成，和五龙堂的白沙碱地旱涝不收的情形，恰恰相反。

子午镇的几家地主都是姓田，田大瞎子（那年暴动，他跟着县里的保卫团追剿农民，打伤了一只眼睛）在村里号称"大班"，当着村长。他眼下种着三四顷好园子地，雇着四五个大小长工。在正村北有一所大庄基，连场隔院。左边是住宅，前后三进院子，都是这几年里新盖的，一色的洋灰灌浆，磨砖对缝，远远望去，就像平地上起了一座恶

山。右边是场院，里面是长工屋，牲口棚，磨房碾房，猪圈鸡窝。土墙周围，栽种着白杨、垂柳、桃、杏、香椿，堆垛着陈年的麦秸、秫秸、高粱茬子。五六匹大骡子在树阴凉里拴着，三五个青石大碌碡①在场院里滚着。

小做活的芒种和打杂的老温，在柳树下面铡草，切碎的草屑，从铡刀口飞起来，不久就落成大堆。一只毛腿老母鸡在草堆旁边找食，红着脸慌张地叫了几声，丢出一个热蛋，叫碎草掩埋了。

轿车赶到梢门口，老常打了几声焦脆的鞭花，进了场院，把鞭子往车卒上一插。少当家田耀武拍拍衣裳下来，老常帮着往里院搬行李。芒种放下铡刀跑过来，把牲口卸下，牵到外面井台上去打滚饮水，老温卷着长套。

田耀武在北平朝阳大学学的法律学，在一年级的时候，就习练官场的作派：长袍马褂，丝袜缎鞋，在宿舍里打牌，往公寓里叫窑姐儿。临到毕业，日本人得寸进尺，北平的空气很是紧张，"一二·九"以后，同学们更实际起来，有的深入到军队里进行鼓动，有的回到乡下去组织农民。田耀武一贯对这些活动没有兴趣，他积极奔走官场，可也没能攀缘上去，考试完了，只好先回家里来。

父亲安慰他说："能巴结上个官儿，自然很好，实在不行哩，咱家里也不是愁吃愁穿，就在家里吧。供你上学原不过是叫你学会写个呈文状纸，能保住咱这点家业过活就行了！"

晚上，二门以外也有个小小的宴会。老常和老温坐在牲口棚里的短炕上，老常叫芒种拿来他藏在轿车底下的二锅头，芒种还在草堆里摸出几个鸡蛋来炒了当下酒菜。不一会儿，芒种就喝多了倒在炕头趴着了。

老常和老温两人喝着酒，聊着天。两人聊到了日本人，也聊到了

---

① 碌碡（liù zhou）：一种农具，多由木框架和圆柱形的石磙构成，用来碾轧场地或轧谷物等。

往南而去的军队,最后聊到了穷苦的自己。看着自己带大的芒种,老常心疼地摸了摸他的头。夜深了,他们的宴席也散了,都去睡觉了。

农村的贫苦的青年,一在劳动上结合,一在吃穿上关心,就是爱情了。

今天,芒种去打水饮牲口,春儿在堤埝上低着头纺线,纺车轮子在她怀里转成一朵花,她的身子歪来歪去。芒种直直地望着,牲口把水喝干了,用嘴把笆桶挑起来,当啷一声,差一点没掉到井里去,春儿回过头来笑了。

这时候,春儿躺在自己家里炕头上,睡得很香甜,并不知道在这样夜深时,会有人想念她。她也听不见身边的姐姐长久的翻身和梦里的热情的喃喃。养在窗外葫芦架上的一只嫩绿的蝈蝈儿吸饱了露水,叫得正高兴;葫芦沉重地下垂,遍体生着像婴儿嫩皮上的绒毛,露水穿过绒毛滴落。架上面,一朵宽大的白花,挺着长长的茎,向着天

空开放了。蝈蝈儿叫着,慢慢爬到那里去。

(二)

话虽这么说,田大瞎子还是替儿子张罗。他家和张荫梧沾点亲戚,他写了一封信,叫田耀武到博野杨村去一趟。那时张荫梧管辖着附近几个县,要组织民团,还要"改选"区长,就叫田耀武回到本县本区服务效力。

田大瞎子又办了几桌酒席,宴请全区的村长村副。那时的村长村副差不多都是田大瞎子一流人,吃好喝好对谁当区长都无甚异议,只希望到时候田耀武能照顾他们几分,这又有何难呢?宴会完毕之后,村长村副们都说改选那天一定投田耀武的票。

天很热,送客出门,田大瞎子就搬一把藤椅,放在梢门洞里,躺着歇凉。

东头有一个叫老蒋的,这人从小游手好闲,专仗抱粗腿吃饭。他每天指望的就是村里出点横祸飞灾:红白大事,人命官司,失火求雨,等等,找些油水。这些日子天旱,农民们早早晚晚好站在村边大堤上望云彩等雨,他就过去,说:"老天爷又等着子午镇的好戏看了!"

农民们答腔的很少,他们明白:就是眼下落了透雨,收成也不会好,再加上求雨唱戏花钱,穷人更是难办。

老蒋正自没趣,看见大班的客人们走了,就摇着蒲扇拐到这里来,他放轻脚步走到田大瞎子身边说:"我说呀,老天爷也瞎眼,这么热天,他还不下场雨叫你老人家凉快凉快!"

田大瞎子眼皮也没抬,只把跷起来的一只挂在大脚指头上的鞋摆动摆动,半笑半骂地说:"滚蛋吧!又跑来喝我的剩酒了!"

"叫我看呀,你还是不会享福。"老蒋说,"大地方不是有了电扇吗,怎么还不叫耀武买一把回来呀?我们也站在旁边,跟着凉快凉快。"

田大瞎子不说话，老蒋就冲着他扇起扇子来。田大瞎子坐起来说："算了。你去把管账先生叫来，有点剩酒菜，你们一块吃了吧！"

老蒋跑去把先生叫了来，田大瞎子告诉他们派款买枪的事。

先生抱着大账算盘，老蒋背着钱插，先从尽西头敛起，到了春儿家里。

春儿先不知是何事要钱，与老蒋掰扯了一番。后来得知是为买枪抗日的，痛快地就拿出了自己辛辛苦苦攒下来的卖布钱七毛二分五，交给了老蒋和账房先生。

听说山里的枪支子弹便宜，老蒋在那边又有个黑道上的朋友，写了封信，田大瞎子派芒种先去打听打听。这孩子吃得苦，受得累，此去西山一百多里地，两天一夜，就能赶回来。

芒种轻易不得出门，听说叫他办事，接过信来，戴上一顶破草帽，包上两块饼子就出发了。

这时已是起响以后，农民们都背上大锄下地去了，走到村边，从篱笆门口望见春儿和秋分，正在葫芦架下面纺布，春儿托着线子走跳着，还挂好一边的橛子。芒种想起身上的小褂破了，他叫春儿帮他缝上一缝。春儿见了，给他里面衬上一块白布，缝好了。芒种看见春儿她们的小水瓮又干了，连忙担起她们的小桶，挑了一挑又一挑，将水瓮灌得满满当当。接着又去挑了一挑，浇了葫芦。

春儿在他背后笑，刚刚给他缝好的褂子，又有一个地方，像小孩子张开了嘴。

"来！再对上几针，"她招呼着芒种，"就穿着缝吧，给你叼上一根草根儿！"

"叼这个干什么？"芒种说。

"叼上，叼上！要不就会扎着你，要不咱两个就结下冤仇了！"春儿笑着，把一根笤帚苗放在芒种的嘴里。

两个人对面站着，春儿要矮半个头，她提起脚跟，按了芒种的肩

膀一下，把针线轻轻穿过去。芒种低着头，紧紧合着嘴。他闻到从春儿小褂领子里发出来的热汗味，他觉得浑身发热，出气也粗起来。春儿抬头望了他一眼，一股红色的浪头，从她的脖颈涌上来，像新涨的河水，一下就掩盖了她的脸面。她慌忙打个结子，扯断了线，背过身去说：

"先凑合着穿两天吧，等我们的布织下来，给你裁件新的！"

（三）

芒种拿起饼子，连蹦带跳地跑下堤埝去。

当天晚上，他就过了平汉路，在车站上，他看见了灰色的水塔和红绿色的灯，听见了火车叫。一火车一火车的兵马，在他眼前往南开去了，车顶上挤着行李、女人和孩子。

他走在山地里的石子路上，爬过一个山坡，又一个山坡，一打听道儿，老乡总是往前面山顶上一指说："翻过这个小梁梁儿就到了，一马平川！"

中午，他走到一个大镇店，叫作城南庄。村边河滩上有一片杨树，一个中年妇女坐在大道旁边纳着鞋底儿，卖豆腐和红枣。芒种坐在一块石头上，脱下鞋来休息。

前面是一条大河，叫胭脂河，太阳照在河面上，水流很清，红色的沙石在河底翻动。河对面有唱歌和喊叫的声音。

不久，从山后转出一支队伍来，稀稀拉拉，走得很不齐整，头上顶着大草帽，上身披着旧棉衣。这队伍挤在河边脱鞋，卷裤子，说笑着飞快地蹚过来，在杨树林子里休息了。芒种问那妇女："大嫂子，这是什么军头啊？"

"老红军！"妇女说，"前几天就从这里过去了一帮，别看穿得破烂，打仗可硬哩，听说从江西出来，一直打了二万多里！"

"从江西？"芒种问，"可有咱这边的人吗？"

"没看见，"妇女说，"说话侉得厉害，买卖可公平，对待老百姓可好哩！"

"怎么火车上兵往南开，他们倒往北走哩！"芒种又问。

妇女说："那是什么兵，这是什么兵！往南开的是蒋介石的兵，吃粮不打日本，光知道欺侮老百姓。这才是真心打日本的兵，你听他们唱的歌！"

芒种听了听，那歌是叫老百姓组织起来打日本的。队伍散开，有的靠在树上睡着了，有的跑到河边上去洗脸。有一个大个子黑瘦脸的红军过来，同芒种交谈了起来。原来他与芒种是同一个地方上的人，他向芒种打听了许多家乡的事情，芒种趁机向他打听高庆山的事情。红军说他见到庆山就会把话带到的。他还给芒种讲了很多抗日的道理。天气不早，芒种要赶道，红军又送了他一程，分别的时候，芒种说："同志，你真能见着庆山吗？"

"能。"红军说，"你告诉他家里人们放心吧，庆山在外边很好，不久准能家去看看。"说完，就低着头回到树林子里去了。

芒种一路上很高兴，想不到这一趟出差，得着了庆山的准信，回去一学说，她们不定多高兴哩。他把信交了，把事情办妥当，第二天就赶回来，路过城南庄，部队不见了，卖豆腐的妇女说连夜又往北开了。

芒种回到子午镇，看见秋分和春儿正在堤埝上镶布。芒种就将自己找那红军打听的消息一说，秋分细细一打听那个红军的身量那些，觉出来那就是高庆山。

（四）

回家路上，走到五龙堂，秋分立马与公公分享了芒种带回来的好消息。老人家听了也确定那人就是高庆山，兴奋地拿起烟袋就要出

门与几个真心实意望着庆山好的亲朋分享。

接着,秋分又来到了和庆山一块出走、现在在北平坐狱的高翔家里。高翔夫妻感情很好,自从高翔坐狱起,高翔的媳妇就没有畅快地笑过,可是今天秋分来时却听到了高翔媳妇的笑声,这是十年来的第一次。细问之下才得知原来是高翔出狱了,还寄了一封信回来。

信上写着:

我出狱后,就兼程赶到延安,现住瓦窑堡,在毛主席的亲自领导下进行学习,不久就北上抗日。十年以来,奔走患难,总算得到了报偿!

信上也提到庆山,说他可能从江西长征过来,北上抗日了。秋分把芒种带回来的消息说了,一家子替她高兴。老人把信装好,交给儿媳妇,媳妇像捧着金银玉宝一样,递给婆婆,婆婆把它塞到被垛底下去。

小孩子托着腮帮儿望着她母亲说:"娘,我们去找爹吧!"

"你去吧,你离得家了?"母亲问。

"离得。"小孩子说,"你去不去?你不去,我自己去。"

"你自己去吧。"母亲笑了。

能把孩子送到丈夫的身边也是好的。在她想来:比如做衣裳,孩子就是一个小针,能把母亲心里这条长长的线带到那边去,并且连在一起;像一条小沟,使这个洼里的水流进那一个洼;像一只小鸟,从这个枝跳上那个枝,从这棵树飞到那棵树。

今天夜里,在五龙堂这个小村庄里,至少要有两个女人,难以入睡。

这天晚上,闷热。秋分回到小屋里,公公还没有回来。小菜虫从窗口飞到屋里来,围着小油灯乱转。坐不到炕上,她抓了一把破蒲扇到堤坡上来。黑夜里,望日莲滴着金黄的花粉,香得闷人。从村庄到这里来的路上,有一星星的火光,不断飞起,秋分知道是公公抽着烟回来了。

春儿吃过晚饭,到姐姐家去看了一下,她替姐姐高兴,盼望着姐

夫回来。姐姐不在家,她又一个人回来,过河的时候,天就大黑了。月亮升上来,河滩里一片白,闲在河边的摆渡鼓鼓的底儿向上翻着,等候着秋天的河水来温存。

她还要走过一片白沙岗,一带柳子地。

柔细光滑的柳子,拂着她的手和脸,近处有一只新蜕皮的蝈蝈儿,叫得真好听。她停下来,轻轻拨动着柳子,走到里边去,想把它捉住。

春儿回到家里,月亮已经照满了院,她开开屋里门,上到炕上去,坐在窗台跟前,很久躺不下。小白褂湿透了,带着柳子地里的泥土和揉碎的小草的味道。月亮从葫芦的枝叶里,从窗户的棂格里照进来,落在她丰满的胸脯上,心口还在突突地跳动。

半夜里下起大雨来,雨是那样暴,一下子就天地相连。远远的河滩里,有一种发闷的声音,就像老牛的吼叫。

今年芒种还没有给她们抹房顶,小屋漏了,叮叮当当,到处是水,春儿只好把所有的饭碗、菜盆,都摆在炕上承接着,头上顶了一个锅盖,在屋里转来转去。

第二天,雨住天晴,大河里的水下来了,北面也开了口子,大水围了子午镇,人们整天整夜,敲锣打鼓,守着堤埝。开始听见了隆隆的声音,后来才知道是日本人占了保定。大水也阻拦不住那些失去家乡逃难的人们,像蝗虫一样,一扑面子过来了。子午镇的人们,每天吃过饭就站在堤埝上看这个。

那些逃难的人,近些的包括保定、高阳,远些的从关外、冀东走来。从家里带出来的东西,越走越少,从这些人的行囊包裹、面色和鞋脚上,就可以判定他们道路的远近,离家日子的长短。远道逃来的人,脚磨破了,又在泥水里浸肿了,提着一根青秫秸,试探着水的深浅,一步一步挪到堤埝跟前来。他们的脸焦黑,头发上落满高粱花,已经完全没有力量,央告站在堤坡上的人拉他们一把。

有一个年轻的女人,把一个小孩子背在背上,手里还拉着一个。

孩子不断跌倒在泥水里,到了堤埝边上,她向春儿伸伸手:"大姑,来把我们这孩子接上去!"

春儿把她娘儿们扶了上来,坐在堤埝上。一群妇女围上来,春儿跑回家去,拿些饽饽来,给两个孩子吃着,那个女人说:"谢谢大姑。我们也是有家有业的人啊,日本人占了我们那个地方。"

春儿问:"你们家是哪里呀?"

"关外。当时指望逃到关里,谁知道日本人又赶过来,逃得还不如他们占得快,你们说,跑到哪里是一站呀?"

"孩子他爹哩?"春儿问。

"走到京东就折磨死了。"女人擦着泪。

"日本人到了什么地方?"人们问。

女人说:"谁知道啊,昨儿个我们宿在高阳,那里还是好好儿的,就像你们现在一样。可是今天早晨一起来,那里的人们也就跟着我们一块儿逃起来了。"

人们都不言语了,那个女人叫小孩子吃了吃奶,就又沿着堤埝,跟着逃难的大流走了。

突然,天空中出现一种嗡嗡的声音,日本人的飞机来了,丢下几颗炸弹,沿着河堤一路扫射,河里的水带着血色飞溅起来。一只正在渡难民过河的船被打翻了,五龙堂会浮水的人全跳下去打捞难民。高四海老头子全身脱得光光的,也跟着下河打捞。他捞起一个孩子,却怎么也找不到他的母亲,高四海逢人就打听孩子的母亲。有人说:这是从关外逃来的那个黑脸的年轻的女人的孩子,她恐怕是在水里炸伤了,没有力量浮起来淹死了,还有她那个大些的孩子。

高四海听了,叫过秋分来说:"抱着这孩子到有奶的人家吃吃去,他娘死了,我们收养着吧!"

秋分说:"这个年月,收养这个干什么呀?"

"你不抱他,我就抱他去!"高四海说,眼里汪着热泪,"这年月,

这年月,还哪来的这些废话呀!"

夜晚,逃难的人们,就在熄灭的柴火堆旁边睡下了,横倒竖卧。河水汹涌地流着,冲刷着河岸,不断有土块坍裂的隆隆的声音。月光照着没边的白茫茫大水和在水中抖颤的趴倒的庄稼。远近的村庄,担着无比的惊惶和恐怖,焦急和无依的痛苦,长久不能安眠。在高四海的小屋里,发出小孩子的撕裂喉咙的哭声。

"日本!日本!"在各个村落,从每一个小窗口里,都能听到人们在睡梦里,用牙齿咬嚼着这两个字。

第二章

（一）

前些日子，子午镇也曾买回几支枪来。田大瞎子自己带一支八音子，把一支盒子枪交给田耀武。有两支大枪叫村里几个富农地主子弟背着，每天早晨起来，在十字街口集合出操，田耀武是指挥。这些子弟对出操跑步没有兴趣，又怕以后真的挑兵，总是等到巳时还到不齐，随便报报数也就散了。并且，指挥虽然是大学毕业，也受过暑期军训，对于操法口令却非常生疏。自从那天好容易分作前后两行，他喊："前排不动，后排向前五步走！"结果后排的人顶了前排的屁股，田耀武在全村老百姓面前羞了个大红脸，也就懒得再集合这些人了。

这些子弟们对枪还是有兴趣的，他们在夜晚背上枪支去串女人门子，对相好的夸耀，说他不久就是一个官儿了。田耀武因为自己的媳妇一直没有回来，和老蒋的女儿俗儿交接上了，每天晚上就住在她那里。

俗儿是老蒋的第三个女孩。两个姐姐全出嫁了，长得也都平常；唯独这个老三，从小就显出是全村的一个人尖儿。十五六上就风流开了，在集上庙上，吃饭不用还账，买布不用花钱。今年才十九岁，把屋里拾掇得干干净净，糊上雪白的窗纸，铺上大红的被褥。这天前半夜田耀武又来了。

半夜里，村里住了兵，人们乱了起来，田大瞎子派芒种把田耀武从热被窝里叫走了。俗儿刚刚合上眼，就听见有人轻轻敲打着窗棂说："走了吗？"

"走了。"俗儿说。

"问清楚了没有？"

"问清楚了：有枪有钱，老常送他，在五龙堂过河。"

"日期哩？"

"没有定准。"俗儿说，"你每天在河口上留点意就是了。得了便宜，可别忘了我。"

"你的大功一件。"窗外的人压着嗓子笑着，"给你买件花褂。"

"你还进来睡不？"俗儿撒着娇问。

"你叫我就热锅吗，他妈的！"那个人说着，爬上房去走了。

村里住的是骑兵，起初人们以为是日本，不敢开门，军队砸开了门子，才知道是五十三军。马跑得四蹄子流水，披着鞍子就都在街里卧倒了，村公所赶紧预备吃喝草料。军队绕家串游，乱放枪，一条狗在街上跑，一枪打死。田大瞎子把营长请到自己家里，好酒好菜应酬着，有兵闯进来，他就出来说："老总别闹，你们官长在这里！"

"什么妈拉巴子官长！"那些兵用枪托子抵着田大瞎子的胸脯，"你叫他出来认认我们！是官长就该领我们和日本子打仗，王八蛋狗肏的就会领着我们跑，把马都快跑死了，还是官长哪！"

军队乱夺乱抢一阵，不到鸡叫就又下命令往南开，那些军队，大声骂着街，爬上马去，歪歪斜斜地跑走了。

田大瞎子叫田耀武也快些收拾东西离开。田耀武在铺子里支了些钱，决定听从父母的话南下。田大瞎子叫来老常送他。

等到天黑，田耀武才和老常从家里出来，父亲和母亲怕叫人看见，也没有送他。他们从村边蹚着水，抄着小道，并没有遇见一个人。到了五龙堂河口，老常先到头里去，招呼一声摆渡。

摆渡靠在对岸，上边好像没有人。老常用两只手卷成喇叭，大声喊叫，在水雾茫茫里，好半天才听见有人答应："听见了！"

田耀武和老常站在河边等着，河水落了些，水流还是很大，小船从上游下来，像漂着的一片树叶。船靠了岸，船上只有两三个人，黑影里跳下一个女人来，和船夫们打趣着："劳你们的大驾了，我也不掏船钱了！"

船夫们笑着说："我们候了你吧，回头再去上你的船！"

"扯淡！没一个好东西！"女人骂着上了岸，望了田耀武一眼，说："这不是田区长吗？"

田耀武早就听出是俗儿，冷冷说了一句："我到五龙堂去有点公事。"

"有什么公事啊？"俗儿笑着，"县长全跑了，你这区长还不交待了吗？"

田耀武顾不得和她搅缠，就催着老常上船，老常上去说："今天净是谁们呀，怎么听口音都生乎乎的。"

小船开动了，很快就到了对岸，田耀武跳下船，就要掏船钱。谁知船夫却直接抢走了他的枪和路费，只给他留下了一些够花到濮阳。

"哪来的这么一班强盗？"田耀武哆哆嗦嗦地说。

"听着像俗儿的相好高疤。我们还走不走？"老常说。

"不走怎么办？"田耀武说，"这个地面我更不能待了，钱也不多了，送我一程，你就回去吧。"

（二）

自从大军南撤，县长逃走，子午镇的老百姓只好听天由命，庄稼烂在地里不愿去收拾。

传说日本已经到了安县。县城里由一个绅士、一个盐店掌柜的、一个药铺先生组成维持会，各村的村长就是分会长，预备八月十五就欢迎日本人进城。田大瞎子领回红布白布，叫老蒋派下去做太阳旗，

还要在地亩里派款收回布钱。

又是从西头派起,老蒋拿着一块白布一块红布告诉春儿:"把红布剪成圆的,贴在白布上,就像摊膏药一样。"

"我不做这个!"春儿说,"你愿意欢迎,就叫你们俗儿去做呀!"

老蒋说:"我们自然要做一个,还得做一面漂亮的,挂在大门上。日本人过来了,没有这个旗儿,可要杀个鸡狗不留,你合计合计吧!"

"不用合计,我不做。"

春儿扭头出去了。她拿了一把小锄,又抓了一把油菜籽装在口袋里,到她那块地里去。

前半月,县里曾经派人下来压着,挖了一条长长的战壕,说是军队要在这里和日本打仗。战壕的工事很大,挖下一丈多深的沟,上面棚上树木苇席,盖上几尺厚的土,隔几丈远,还有一个指挥部。

那些日子正下连阴雨,地里的庄稼也待收拾,农民们心气很高,每天在大雨里淋着,在水里泡着,出差挖沟。战壕是一条直线,遇到谁家的地,就连快熟的庄稼也挖去,春儿这一亩半地,种的支谷,身手长得全很好,挖了多一半,地头上一棵修整得很好的小柳树,也刨下来盖了顶棚,别人替她心疼,芒种挖沟回来告诉她,春儿说:"挖就挖了吧,只要打败了日本,叫我拿出什么去都行。"

现在,战壕顶上铺盖的树枝还发着绿,泥土还发着松,春儿用小锄平了平,在上面撒上了晚熟的菜种。有一只苍鹰在她头顶盘旋着。

撒完菜种,一个人坐在战壕上想:"假如在这里狠狠打一仗,还用得着害怕日本人过来?"

远处,一个人正一步一拐地走了过来。走近了,春儿发现是一个逃兵。那逃兵又累又渴,请求春儿给他一些吃喝。逃兵告诉春儿,他们不是不想打日本人,只是他们在前线顶着,后方却下令撤退,他们这些兵就溃退下来了。

他请求春儿莫告诉别人他的事情,并表示愿意拿他身上的枪换

一些干粮和寻常的裰子。春儿拿不定主意,叫他等会儿,自己先回家给他拿些吃喝。

春儿回到家里,找了芒种来,偷偷告诉他有这么件儿事,问问他可行不可行。

芒种说:"行了,这个年头,咱们有支枪也仗仗胆儿,你拿着东西前边去,我在远处看着,免得他疑心。"

春儿找出她爹的一身破裤裰,又包上几个饼子和一些咸菜,就去了。逃兵把枪给了她,换上便衣,就绕着村边走了。等到天黑,春儿才把枪拿回家来。

芒种说:"今年冬天活不多,地面上又乱腾,田大瞎子装蒜装穷,打算不用我了。我也不想再当奴才了,咱们有了一支枪,我背着它参加高疤的队伍吧!"

春儿说:"先别忙,他的行为不正,你准知道他能成事?要是俺姐夫过来了,不用说,我就叫你背着走。"

她把枪紧紧藏了。

（三）

高疤以前是这一带有名的大贼,以门窗不动能盗走大骡子出名。自从在城南地面截下了县政府的八辆大车,收了南逃官员们的枪支,又接连在五龙堂河口卡了几伙逃兵,就自称团长,委了几个连长,到各村镇吊打村长富户,把埋藏了的枪支起出来。有的主儿舍不得枪支,叫子弟背着,参加了这个队伍,在冀中说起来,就有了很多"跟着枪出来的"兵士。高疤每天在子午镇大街二丰馆大吃大喝,夜晚就住在俗儿家里,过了些时,人马越多声势更大,就向俗儿提出来,要正式娶她,时间就定在八月十五。

这一天,老蒋穿戴很体面,走出转进,招呼着各村来送礼的人。饭庄上送来几桌酒席，送礼的站不住脚，放下东西就惊惊慌慌地走了，可就便宜了他，喝了个醉里糊涂。

村里的管账先生倒是一直陪着他。没多久，田大瞎子也提着礼来了。

田大瞎子请求老蒋在高疤面前多为自己说说好话，让自己有一个依靠。老蒋想也没想，满口答应。

过了两天，在子午镇的十字街口，出现了一张盖着大红关防的布告，有三四个月不见官方的告示了，凡认字的都围上来看。

出告示的是人民自卫军司令部和政治部，号召人民团结起来，武装抗日，司令员是吕正操。

有人从高阳回来，说在城门洞看见了真正的红军，胳臂上戴着红五星。芒种就跑去告诉秋分说："他们真的过来了，高阳离咱这里不远，你自己去看看吧，不要再错过了。"

秋分愿意去一趟，就收拾着找伴动身。

这几天，高疤心里不大痛快，他派手下人到高阳打听一下，听说吕正操委派了各支队的司令，正整编各地杂牌的队伍。又听说红军纪律很严，官兵一致吃小米，不许拿老百姓一针一线，当官的也要受训学习，团里还设政治委员。自己底子不正，怕受管束，心里很是彷徨不定。

夜里回家，跟俗儿一商量。俗儿一拍脑瓜，想起了高庆山那条路子，立马决定去找秋分。

俗儿来到秋分家里，一听说秋分正要找高庆山去，俗儿可就高兴极了，忙说："秋分姐！路上不平安，离高阳城又这么远，你走着去，多么不方便？我们那个也正要到高阳会吕司令去，你就跟他一块去吧！路上前呼后拥，有人保护着你，多么威风？再不就叫他们备上一匹走马，脚手不沾地，就送你到了高阳城。到了那里，见了俺庆山姐夫，夫妻相会，真是一出《武家坡》。这些年，你受苦受难，当男变女，可不容

易！别人不知道,我可眼见来哩。见了俺庆山姐夫,二话别说,先跟他要身好衣裳换了,他做那么大官儿,一呼百应,要什么有什么。"

一场话说得秋分蒙头转向,不知道怎么回答。春儿说:"我看还是自己走着去吧,大脚五手的,又不是没出过门。"

"嗐,我那妹子,"俗儿拍打着春儿的肩膀头说,"你年纪小,知道事儿少,咱姐姐到了那里就是太太,有多少人要来请,有多少人要来瞧?步下碾了去,多么不好看!咱要没有,也说不上,要着饭千里寻夫的多着呢,可是谁叫咱有这现成的大走马哩!骑上去,像坐花轿,一点也不颠,那天我还骑了一趟哩!"

不容分说,拿了秋分的小包袱就先走了,见了高疤就说:"你看怎么样,比算卦还灵哩,人家正要找男人去,你就和她一块去吧!"

高疤派人备了一匹花马叫秋分骑着,还叫一个兵在旁边牵着。

带着一连人,奔着高阳去了。

(四)

秋分和高疤一行人去到高阳,在那里并没有看到高庆山,倒是见到了高翔和田大瞎子的儿媳李佩钟。

第二天清晨,高翔带着秋分和李佩钟坐着小轿车回到了子午镇。过河时,秋分从摆渡人那里听到庆山回来了,一个人赶着一群羊回来的。

在船上,秋分就看见在她们小屋门口,围着一群人。在快要下山的、明净又带些红色的太阳光里,有一个高高的个儿,穿一身山地里浅蓝裤褂的人,站在门前,和乡亲们说笑。她凭着夫妻间难言的感觉,立时就认出那是自己的一别十年的亲人。

她从船上跳下来,腿脚全有些发软,忽然一阵心酸,倒想坐在河滩上号啕大哭一场。

人们冲着她招手、喊叫,丈夫也转过身来望着她,秋分红着脸爬上堤坡。

在平原痛苦无依、人民心慌没主的时候,他们回到家乡来了。

秋分爬上堤坡,乡亲们见她来了,说笑着走散了,庆山望着她笑了笑,也转身进小屋里去。公公从河滩里背回一捆青草,撒给那几只卧在小南窗下面休息的山羊。秋分笑着问:"出去了十几年,这是发财回来了?"

高四海摸着一只大公羊的犄角说:"发财不发财,我还没顾着问他,反正弄了一群这个来,也就有我一冬天的活儿了。你也还没有吃饭吧?快到屋里和他一块儿做点吃的。"

秋分走进屋里来,好像十年以前下了花轿,刚刚登上这家的门限。她觉得这小屋变得和往日不同,忽然又光亮又暖和了。自己的丈夫,那个高个儿,正坐在炕沿上望着她,她忍不住热泪,赶快走到锅台那里点火去了。她家烧的是煤,埋在热灰下面的火种并没有熄灭,她的手一触风箱把,炉灶里立时就冒起青烟,腾起火苗儿的红光来。望着旺盛的火,秋分的心安静下来。她把瓦罐里的白面全倒出来,用全身的力量揉和了,细心切成面条儿,把所有的油盐酱醋当了作料。水开了,她揭开锅盖,沸腾的水纷纷蹿了出来,秋分两手捧着又细又长、好像永远扯不断的面条儿,下到锅里去。

忽然,在炕角里,有一个小娃子尖声哭叫了起来。高庆山吓了一跳,回头一看,一个不到两生日的孩子睡醒了,抓手揪脚地哭着。

"唔!这是哪里来的?"庆山立起身来,望着秋分。

"哪里来的?"秋分笑着说,"远道来的。你不用多心吧,这是今年热天,一个从关东逃难来的女人,在河口上叫日本的飞机炸死了,咱爹叫把这孩子收养下来。要不,你哪里有这么现成的儿子哩!"

庆山笑了,他把孩子抱了起来,好像是抱起了他的多灾多难的祖国,他的眼角潮湿了。

吃饭的时候，高翔赶来了，两个老同志见面，拉着手半天说不出话来。庆山给了高翔自己的介绍信，高翔则希望庆山能留在这边帮他一点忙。正在这时，高翔的爹领着一个小女孩过来找自己的爹了，几人又是一阵寒暄。聊了一会儿之后，高翔说还有事想跟庆山聊聊，让他们外边等会。

高四海、高翔的父亲抱着孩子出去了，秋分噘着嘴说："我听听也不行吗？"

"不行，"高翔说，"我们还没正式接上关系哩，分别了十年，回头我还得考察考察你的历史！"

"等着你考察！"秋分给他们点着灯，就扭身走了。

他两个在屋里谈着，秋分他们就坐在堤坡上等着，天上出着星星，高翔的小女儿指着："又出来一颗，爷爷，那边又出来了一颗！"

一直等到满天的星斗出全了，他们还没有谈完。高翔的父亲对高四海说："你说盼儿子有什么用，盼到他们回来，倒把我们赶到漫天野地里来了。"

高四海抽着烟没有说话，大烟锅里的火星飞扬到河滩里去。儿子回来，老人高兴，心里也有些沉重。他们回来了，他们又聚在一起商议着闹事了。那些狂热，那些斗争、流血的景象和牺牲了的伙伴的声音、面貌，一时又都在老人的眼前，在晚秋的田野里浮现出来，旋转起来。老人有些激动，也感到深深的痛苦。自从儿子出走，斗争失败，这十年的日子是怎样过的？当爹娘的，当妻子的是怎样熬过了这十年的白天和黑夜啊？再闹起来！那次是和地面上的土豪劣绅，这次是和日本。人家的兵强马壮，占了中国这么大的地面，国家的军队全叫人家赶得飞天落地，就凭老百姓这点土枪土炮，能够战胜敌人？他思想着，身边的草上已经汪着深夜的露水，高翔的小女儿打着呵欠躺在她爷爷的怀里睡着了。

最后还是秋分等得不耐烦，跑到屋里去说："高翔，快家去吧，俺

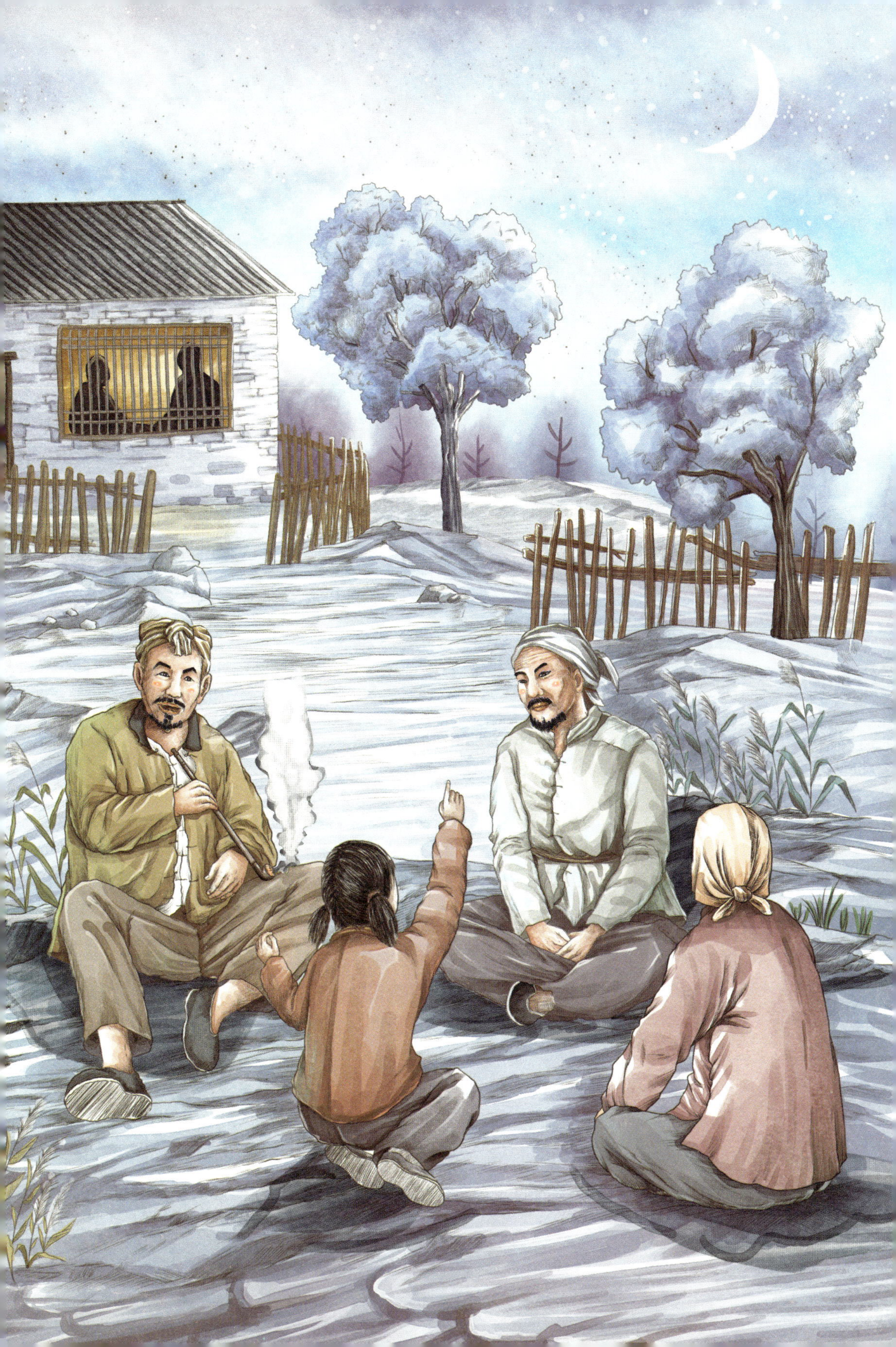

们没有这么些油叫你熬,天快发亮了!你媳妇也来了,家里安好被窝等你哩!"

"这些妇女没有原则!"高翔笑着站起来,"好吧,明天再谈吧,你赶了几十里地的羊,也该休息休息了,看样子,我再不走,秋分嫂子就要用擀面杖把我轰出去了!"

高翔一家子在黑影里走了,高四海把几只羊牵进小屋来,披上自己的破棉袍子说:"我到街里找个宿去。"

"爹!"庆山站起来说,"我们一家子再说会儿话吧!"

老人说:"家来了,有多少话明儿说不了。我困了,你们插门吧!"

(五)

春儿听说姐夫回来了,欢喜得多半夜没睡着。一清早起来,看见芒种在井台上挑水,就叫他放下筲到她这儿来一下。她在家里,舀了一盆热水洗了洗脸,坐在窗台前,用母亲留下的一面破碎的小镜照着梳光了头,找出一件新织的花夹袄穿上了。

芒种过来,春儿兴奋地拉上他,就要拿着那把藏着的枪,要他去参加红军。芒种听了她的话,决定背上枪,跟着春儿去找高庆山报名,春儿还将自己给芒种做的新裤褂拿出来让他换上。换好衣服,两人就欢欢喜喜地出门去了。

两个人一前一后,在街上一走,一群小孩子跟前,跑着跳着,扯扯芒种的褂子,又拉拉他的枪,农民们说:"芒种这是吃大锅饭去吗?"

芒种笑着说:"打日本去!"

妇女们问:"春儿干什么也穿得这么新鲜?"

春儿笑着说:"我这是去送当兵的!"

"哈!你这可是头一份!"妇女们欢笑着。

到了五龙堂,高庆山和芒种在山里原是见过一面的,秋分又说了

说芒种的出身历史,和她们家的关系。春儿说了说这支枪的来历,高翔说正愁没个可靠的人哩,就叫芒种给庆山当个通讯员,又派人去取了两套新军装来,叫他们两个穿戴好,说这样才能压住今天的场儿,就忙着一同参加整编高疤的队伍的大会去了。

整编这一带杂牌队伍的大会,在滹沱河一片广漠的沙滩上召开。事先,县里的动员会,就派人下来,把附近最好的棚匠们组织起来,拉来杉篙苇席,面对着河流,精扎细做,搭了一座威风高大的阅兵台。

这天,从早晨起来就刮大风。阵阵的白沙,打着人们的脸,台前那条宽大的横幅标语,吹得鼓胀了起来,如河里的水浪,一同啪啪作响。标语上写着:"巩固抗日民族统一战线,坚持敌后游击战争!"

参加整编的队伍有子午镇高疤的一个团,角丘镇李锁的一个团和马店镇张大秋的一个团。三个团长穿得整整齐齐,站在台上,调动着自己的队伍。

这些队伍挤挤撞撞,怎样也调动不开,简直是越调越乱,最后争吵起来,还有几支枪走了火。三个团长在台上跳着脚乱骂,要枪毙那走火的人,可又查不出来。快晌午了,主持大会的高翔请高庆山帮着把队伍调动一下,高庆山和三个团长商量,把营长们叫到台前,然后叫他们把队伍各自带开,再按着名字往场子里指定的地方带,才慢慢把会场稳定下来。

第一个讲话的是高翔,高疤先叉着腿站在台边上介绍说:"弟兄们,这是吕司令的代表高委员,拍手!"

台下乱鼓起掌来,高翔说:"同志们!日本帝国主义侵占我们的国土,杀害我们的人民,现在逼到我们家门上来了!日本人要灭亡我们的国家,叫我们给他当奴隶,我们怎么办?"

"打狗日的!"台下乱嚷。

高翔喊:"打倒日本帝国主义!"

台下跟着他呼喊,狂风吹送着,河流奔腾着,高翔说:"我们要保

卫祖国，保卫家乡，把日本帝国主义赶出中国去。同志们，你们是抗日的英雄好汉！你们看到敌人来了，并没有逃跑，也没有投降，你们背起枪来，反抗侵略者，你们是光荣的，祖国和人民尊敬你们！我代表人民自卫军司令部政治部向你们致敬！"

台下欢笑着，队伍变得安静起来，高翔接着说："我们的同志，参加抗日的想法是不一样的。有的过去为生活压迫，夜聚明散，成了黑道儿上的朋友；有的是富家子，跟着枪出来的；有的是见今年年头不好，冬天不好过，出来混大锅饭吃的。今后，战争就要考验我们，谁也不能投机取巧。我们要改造自己的思想作风，整编成有组织、有领导、有纪律的抗日部队！"

随后，高翔宣布了三大纪律、八项注意和一些官兵关系、军民关系的重要原则。他接着说："我们进行的是正义的光荣的战争，我们一定能够胜利。我们不怕日本的武器好，只怕我们不齐心，不要看日本占领了几座城池，我们要在它的后方开展游击战争，建立抗日根据地！有枪的出枪，有钱的出钱，有人的出人，男女老少，一齐动员起来，破坏敌人的交通，扰乱敌人的后方。同志们！祖国仰仗我们，人民依靠我们，我们要勇敢地担负起解放祖国的任务，我们战争的目的是：驱逐日本帝国主义，建立独立富强的新中国！"

最后，高翔宣布了司令部的命令，整编三个团为人民自卫军第七支队，委任高庆山为支队长，高翔为政治委员。

第三章

实际上，高翔只是挂了个政委的空名，开过大会的第二天，就回高阳去了。把这个新成立的支队的全部工作留给了高庆山，还要他负起整个县的地方责任来，还留下李佩钟，做他的助手，主要是叫她管动员会的事。

支队部就设在县城，过去公安局的大院里。从国民党官员警察逃跑后，这个以前十分森严威武的机关，就只剩下了一个大空院。不用说屋子里没有了桌椅陈设，就是墙院门窗也有了不少缺欠，院子里扔着很多烂砖头。头一天，高庆山带着芒种到三个团部巡视了回来，坐没坐处，立没立处，到晚上，动员会的人员才慢腾腾送来两条破被子，把门窗用草堵塞了堵塞。

高庆山心里事情很多很杂乱，倒没感觉什么，芒种却有点失望。他想，听了春儿的话，不跟高翔坐汽车上高阳，倒跟他来住冷店，真真有点倒霉，夜里睡在这个破炕上，看来并不比他那长工屋里舒服。这哪里叫改善了生活哩？铺上一条棉被，又潮又有气味，半天睡不着。

芒种心中有些不忿，但是也忍受了下来。高庆山让他枕着枪睡，告诉他战士不能没有枪。

芒种在睡梦里嘟囔："这个硬邦邦的怎么枕呀，指望背上枪来享福，知道一样受苦，还不如在地里拿锄把镰把哩！"

随后就呼呼地睡着了。高庆山到院里转了一下，搬进两块砖头，

放在炕头,刚刚要吹灯休息,听见院里有人走到窗台跟前说:"高支队长睡下了吗?"

是个女人的声音,跟着在窗户的破口露出半边俊俏脸来。高庆山看出是李佩钟,就说:"还没有睡。有事情吗,李同志?"

"我到你这里看看,"李佩钟笑着走进屋里来,她穿着一身新军装,没戴帽子,黑滑修整的头发齐着肩头,有一支新皮套的手枪,随随便便挂在左肩上,就像女学生放学回来的书包一样。她四下里一瞅说:"炕上那是谁?"

"通讯员。"高庆山说,"你看,这里也没个坐的地方!"

"你这里和我那里又不一样!"李佩钟笑着说,"你这里像个大破庙。我那个动员会,简直是个戏台下处,出来进去,乱成一团。这里的工作,为什么这样落后呀,比起高阳来,可就差远了!高翔同志撂下就走,也不替我们解决困难。走,我们到电话局去给他打个电话!告诉他,我们连个坐立的地方也没有,真是,这怎么叫人开展工作呀!"

"这样深更半夜,不要去打扰他吧!"高庆山说,"他那里的工作更忙。"

"你说对了,他真是个忙人!"李佩钟笑着说,"他是我们这里的一个大红人儿!他没来的时候,我们这些土包子们,只知道蒙着头动员群众,动员武装,见不到文件也得不到指示。他一来,把在延安学习的,耳闻眼见的,特别是毛主席最近的谈话和讲演,抗日战争的方针和目的,战略和战术,给大家讲了几天几夜,我们的心里才亮堂起来,增加了无限的信心和力量。他忙得很,到处请他讲演,到处总有一群人跟在他后边,请他解决问题。高翔同志又有精力,又有口才,资格又老,历史又光荣,又是新从革命的圣地、毛主席的身边来的,我们对他真有说不出的尊敬。他还给我们讲过红军长征的故事,提到了你,高支队长!你的历史更光荣,你给我讲个长征的故事吧,你亲身经历了的,一定更动人!"

高庆山笑了笑说:"十年的工夫,不是行军,就是作战。走的道儿多,经历的困苦艰难也多,可是一时不知道从哪里讲起。总的说起来,一个革命干部,要能在任何危险困难的关头,不失去对革命的信心,能坚定自己,坚持工作,取得胜利,这种精神是最重要的!"

"抗日运动是一个革命高潮。"高庆山说,"我们要在这次战争里一同经受考验,来证明我们的志向和勇气。"

"我想,和高支队长在一块工作,我会学习到好多的东西,主要是你的光荣的革命传统。"李佩钟激动地说,"我希望你像高翔同志那样,热心地教导我吧!"

"我明天和你去把动员会的工作整顿整顿,不要什么事都去找高翔。"高庆山笑了一下说,"他既然把这里的工作委托给我们,我们就要负起责任来!"

放在炕角上的小油灯细碎地爆着烛花,屋里的光亮,都是从破纸窗照进来的月色。在城墙根那里,有高亢的雄鸡叫明的声音,李佩钟说:"你睡吧,你没有盖的东西,我到家里给你拿两条被子来吧!"

"你刚说和家庭脱离,就又去拿他们的被子!"高庆山笑着说。

"这里是我娘家。"李佩钟也笑了,"根据合理负担的原则,动员他们两床被子,不算什么!"

高庆山说不用,李佩钟就小声唱着歌儿走了。

第二天,高庆山很早起来,到大院里散了一会儿步,把烂砖头往旁边拾了拾,才在窗口把芒种叫醒。

高庆山说:"我们到动员会去吧!"

动员会在旧教育局。这样早,这里就开饭了。院子里摆满了方桌板凳,桌子上摆满了蓝花粗瓷碗和新拆封的红竹木筷。两大柜子卷子放在院当中,腾腾冒着热气,在厨房的门口,挤进挤出的,净是端着饭碗的人。李佩钟也早起来了,梳洗得整整齐齐,站在正厅的高台阶上,紧皱着眉头。看见高庆山来了,就跑过去小声笑着说:"你看这

场面,不像是放粥? 都是赶来吃动员饭的,谁也认不清净是哪村的。"

"这就好,"高庆山说,"能跑来吃这碗饭,就是有抗日的心思。现在,主要的是要领导,要分配给他们工作!"

"什么工作呀?"李佩钟说,"放下饭碗一擦嘴就走了,你看那个,不是?"

高庆山看见有几个人吃完饭,把饭碗一推,就拍拍打打,说说笑笑出门赶集去了。他说:"这是因为我们还没有建立起工作制度来。我们到屋里研究一下吧!"

李佩钟领着高庆山到大厅里去,回头对芒种笑着说:"你也去吃个热馒头吧,家里吃三顿饭惯了,恐怕早就饿了!"

等他们进屋,芒种就到大柜子那里抓了三个热卷子,在手里托着,蹲在台阶上吃,太阳晒得很暖和。他猛一抬头,看见大门口有个人影儿一闪,很像是春儿。跑到门外一看,春儿提着一个小包袱,躲在石头狮子后面,穿着一身新衣裳,在路上刮了一头发尘土。芒种忙说:"你来赶集了?"

"我给你送了鞋来!"春儿小声说,"捎着看看城里抗日的热闹!"

"还没吃早晨饭吧?"芒种把手里的卷子递给她一个说,"快到里面吃点去!"

"俺不去,人家叫吃呀?"春儿笑着说。

"谁也能吃,这是咱们动员会的饭!"

芒种把她拉了进来,春儿说:"等等,还有一个人哩! 来吧,变吉哥!"

那边站着一个细高个穿长袍的中年人,举止很斯文。春儿对芒种说:"你认识不? 他是五龙堂的,又会吹笛儿,又会画画儿,来找俺姐夫谋事儿的!"

芒种带他们进来,在一张方桌旁边坐了。

芒种满满地盛了两碗菜,又抓了一堆卷子,叫他们吃着,真像招待客人一样。

高庆山从大厅里走出来,李佩钟拿着一个红皮纸本子,笑着跟在后面。变吉哥立马就走上前去,芒种和春儿两人都还没反应过来。

高庆山看见变吉哥也十分高兴,原来变吉哥是十年前和高庆山一起参加暴动的伙伴之一。变吉哥还告诉庆山,当年那些人都来了,只是怕过来打扰他,先派他来看看情况。高庆山一听,连忙叫变吉哥带他过去。

两个人说着走到街上,芒种跟在后面,春儿也追上来了。正是晌午的热闹集,他们挤了半天,才出了西门,到了高家店,在正客房大草帘子门前的太阳地里,站着一大群穿黑蓝粗布短裤袄的老乡亲们。

这里边,有些年纪大些,是高庆山认识的,有些年岁小的,他一时记不起名字来。十年前在一家长工屋里,暴动的农民集合的情形,在他眼前连续闪动。他上去,和他们拉着手,问着好。

那些人围着庆山,向庆山讲述了自己的革命热情,希望能跟着他继续干。庆山也十分激动,他让他们先回乡下,将农会组织起来,大家都一口答应。最后,大家都希望庆山能回去进行一下演讲,动员一下人们。庆山答应了,然后与芒种一起将他们都送了出去。

第四章

（一）

五龙堂的人们正筹备农会，子午镇却先把妇女救国会成立起来了。大家把俗儿选成子午镇的妇救会主任，春儿是一个委员。

俗儿开展工作很快，开过了会，下午她就叫着春儿分派各户做鞋，又把村里管账先生叫来，抱着算盘跟着她们。

一番商量之后，他们决定推翻旧制度，规矩都得变一变，最后决定从田大瞎子家开始派起。

俗儿领着头，春儿在中间，管账先生磨蹭在后面，转了一个弯，快到田大瞎子家梢门口的时候，他在墙角那里站住了。俗儿回过头来说："走啊，你怎么了？"

管账先生嘴里像含着一个热鸡蛋，慢吞吞地说："你们先进去，我抽着这锅烟。你看，火镰石头不好使唤，光冒火，落不到绒子上！"

俗儿鼓了鼓嘴进去了。迈过了高大的梢门限，春儿觉得心里有点发怯。

"开门！"俗儿颤抖着声音喊。

院里的大黑狗跳着咬叫起来，铁链子哐啷响着，一只大雄鹅也嘎啦嘎啦在深宅大院里叫起来。半天的工夫，才听见田大瞎子的老婆慢腾腾走出来，站在过道里阴阳怪气地说："谁呀？这是。"

"我们！"俗儿说。

"有什么事儿吗？"

"你先把你家那狗看住！"俗儿喊叫，"进去了再说。"

"进来吧，它不咬人！"

俗儿松了手把门推开，田大瞎子的老婆，迎门站着。她又矮又胖，浑身的肉，像发好的白面团儿，两只小手向外翻着，就像胖胖的鸭掌。她原身不动看了春儿一眼，说："你们有什么事儿呀？"

春儿说："也没有什么别的事，就是派你们做几双鞋！"

"给什么人做鞋呀，这么高贵？劳动着你们分派？"田大瞎子的老婆说，"我们家可没人做活！"

"给抗日战士做的，没人做活你就雇人做去！"俗儿说。

"什么叫抗日战士呀？"田大瞎子的老婆笑着说，"我大门不出二门不迈的，可没听说过这个新词儿。抗日战士是你们的什么人呀，他们穿鞋，叫你们这大姑娘小媳妇的来出头找人！"

"你别说这些没盐没酱的淡话,我们这是公事!"俗儿和她吵起来。

"俺们这个人家,可不和你们这些人斗嘴斗舌!"田大瞎子的老婆后退一步说,"该俺们做几双呀?"

"按合理负担,"春儿说着,回头问管账先生,"他家有多少地?"

管账先生正背着脸在梢门洞里抽烟,听见问他,才跑上来,先冲着田大瞎子的老婆笑了笑说:"老内当家的!大先生的病好些了吗?啊!他家三顷二十亩地,"他拨着怀里的算盘,"一共是该交七双!唉,这么摊派,数目大一点儿!"

"七双!"田大瞎子的老婆的两只眼暴了出来,"你们安的什么心,我们家开着鞋帽铺哩吗?你们打听打听,几辈子的工夫了,我们这个门户,什么时候成了大头?"

"谁叫你家种那么多地呀?我倒想多做几双,有吗?"春儿说,"这是抗日,谁也不能有话说!"

"抗日?"田大瞎子的老婆一下子掌握了这个名词的讲法,"这么说,我们家还有抗日的哩,俺的儿媳妇还是县里的委员哩!不叫她来,就有了你们?她穿的鞋脚,我不跟你们要就是了,你们倒来派我一大堆!"

"你别说那个!"俗儿说,"有抗日的就不做?我的男人还是个团长哩,我就不做了?"

"别提你吧!"田大瞎子的老婆拍着手说,"我听了倒牙!"

"你放屁!"俗儿跳着一只脚骂开了。

田大瞎子不能再装病,披着一件袍子从正房跑出来,大声吆喝:"反了!找上门来打人,好!到县里去告她们,我田家还有个媳妇哩!"

随手就撒开了大黑狗,俗儿跳起来,乱着头发跑出来,春儿也跟着跑出来,大黑狗一直追到街上,差一点没叼住她的裤子。

"走!"俗儿在街上扬着两只手喊叫,"田大瞎子,我们手拉手儿到县里!我不告你别的,我就告你个破坏合理负担!"

看热闹的人们，站满了街，都说："这倒有个看头，看看谁告下谁来吧，一头是针尖儿，一头是麦芒儿！"

结果，闹了半天，谁也没有去告谁。俗儿的爹老蒋听见街上吵吵，放下酒壶跑出来，骂了俗儿几句，俗儿不听他，和他一对一句地骂。

老蒋没法，只好过去劝田大瞎子。田大瞎子也知道自己到县里去闹也吉凶未卜，那儿媳妇也不一定会认自己。两人说着说着就谈到了高疤，田大瞎子依然没死心走高疤这条路子，让老蒋帮他牵线，与高疤结识一番。

俗儿的状也没有告成功。她走到村边，正迎上高疤骑着一匹大红马，从城里回来，后面有七八匹马尾随着他跑着，就像顺风飞来的一窝蜂。高疤气色不好，看见俗儿也没说话，只把手里的马鞭子一摆，就从她身边蹿了过去。一个特务员，从马上跳下来，两手一卡俗儿的腰，抡起来放在马鞍上，手拉着缰绳，跟着高疤的马屁股，跑回村里去了。

一见高疤回来了，子午镇街上的人们吃了一惊。俗儿会拘魂念咒，怎么来得这样凑急？这一下子该着田大瞎子受受了。

高疤在俗儿家院里下马，俗儿把他侍候到炕上。特务员们把马交给老乡去遛去饮，都到街上二丰馆去喝酒，街上的妇女儿童，也都躲回家去了。

高疤问长仕庙的道士在哪，老蒋立刻去将他请了过来。他问那道士日本人是否站得住。

道士看着高疤的气色说："日本人灭亡中国，是活该有这么一劫！这一带的人，免不了血光之灾。吕正操、高庆山这些人，成不了气候，只能给老百姓招灾惹祸！有见识的人，得早些找自己的明路儿走！"

高疤低头不语。老蒋乘机把田大瞎子那段话也说了。俗儿抢过来说："我不爱听！什么王八狗会的话，一到你耳朵里，就成了圣旨。田大瞎子的话也听得？他是什么人，他早足着劲儿当汉奸哩。去你们的吧，天不早了，我们要睡觉了！"

高疤又叫住道士问:"你这样大年纪,怎么养得这么好,老是红光满面的,有什么秘方儿吗?"

道士说:"没什么秘方儿,不过是从小童子身修行的罢了!"

"你别打算我不知道,"俗儿笑着说,"整天价揉搓娘儿们的肚子,你还修行哩!"

道士红着脸走出去,老蒋唉唉了两声,也跟出去了。

见人都走了,俗儿点上灯上炕,问高疤为何这么不高兴。高疤便将白天收到司令部命令去受训学习说了一遍,同时也说了自己心中的担忧,害怕自己底子不正,遭人排斥杀害。俗儿劝他去学习,好好跟着组织的队伍走。高疤觉得心烦意乱,大喊睡觉,天大的事儿明天再说。

(二)

高翔用电话通知高庆山,叫他好好掌握部队,进行战事动员和教育。

高庆山召集团长和干部们开会,竟没有高疤。李锁说他昨天没请假就回子午镇去了,怕是不愿意学习。高庆山考虑了一下,开完会,带着芒种,骑着自行车到子午镇一带乡下来。

五龙堂村儿不大,高庆山一进南口,连站在北口的人都看见了。正是吃早晨饭的时候,全村的男女老少,都跑到街上来。一手端着一大碗山药白菜粥,一手攥着一块红高粱糁饼子,这就是农民冬天的好饭食。

高庆山一路走,一路与当地的老百姓们寒暄,宣传着抗日,使得五龙堂全村的人,心里又亮堂,又快乐。

他出了北口,上了堤坡,看见了他家的小屋。小屋在冬天早晨的太阳光里,抹着橘子的黄色。高四海正要赶羊到河滩里去,看见儿子来了,就站在门口,打火抽着一锅烟。

把车子靠在小屋前面,芒种跑过去,摸着羊说:"肥多了,你净喂它们什么呀,大伯?"

"喂什么,放它们吃草罢咧,"老人说,"这一带,哪里有好草,我都摸得清,冬天又没事儿,一出去就是一天!"

"村里的农会组织起来没有?"高庆山问。

"正在写名儿,"老人说,"他们推我当什么主任,我说叫别人干吧!"

"大家既是推你,你就担任嘛!"高庆山笑着说。

"那不叫人家说我是凭着儿子的威风?"老人说,"我看你们也不一定能成事。"

"为什么?"高庆山问。

"你们的家伙不行!"老人说,"只就眼面前的东西来说,日本人有飞机大炮,你们就只有一些坏枪和土造。"

"只要打起来,我们就什么也会有了。"高庆山说,"红军的历史就是这样,起先什么也没有,越打人越多,武器也越好,地面也越大。打仗,就是革命发家的本钱。不要只看见日本人的飞机大炮,除去这个,他就什么也没有了。他们是在侵略中国。历史上,没有一个侵略者能在别人的国家土地上,长久站住脚的。他们都是凶猛地攻进来,凄惨地败回去,侵略行为,是一种天大的罪恶。日本,现在正做着甜梦,等我们打得他醒过来,他会来不及后悔他眼前命运的悲惨!我们的部队,是在保卫自己的国家,打走进门的强盗,我们的战士们都是勇敢的,会夺取敌人的武器,武装自己。"

"不提武器,你们的人也不行。"老人说,"十年前那回,你记得,人马多么整齐!现在哩,不用说队伍里乱七八糟,就按地方上说吧,子午镇的妇救会主任是高疤的媳妇俗儿!春儿和她搭伙计,还当她们的下手。我已经告诉秋分,叫她说给春儿一声,不和这些烂货在一块工作,她干,我们就不干,日子长了,还洗不出好歹人来了哩!"

"不能那么宗派,"高庆山说,"革命会把一些人变好的,没有天生的坏人。"

芒种笑着说:"大伯不愿意干就叫他老人家歇歇吧,老老搭搭的了,管起事儿来,也不见得行!"

"你说什么,芒种?"老人一拧脖子红着脸说,"你说我老了?我看我一点儿也不老!你这小人家,敢和我这老人家比试比试?是文是武,动手劲还是动心劲?做庄稼活,我不让你一锄一镰,论打枪,你才几天,毛胎孩子,我闭着眼也比你瞄得准!"

"那为什么一提日本人,你就那么胆小,连个农会主任也不敢承当哩?"芒种背着脸偷偷笑着说。

"我怕日本人?"老人说,"等他们过来叫你看看吧!我不敢当农会主任?这不是说,五龙堂的农会要不是我领导,那才怪哩!"

秋分回来了,怀里抱着纺车,上堤坡就问:"到家也不进屋,吵什么哩?"

"说笑着玩儿哩!"高庆山说,"怎么,下岗了?"

"到了钟点儿了!"秋分笑着说。

"什么钟点儿?"高庆山问。

"东房凉儿,"秋分说着推开门,"一家站二尺!快屋里去吧。"

"我还要到子午镇去!"高庆山推起车子来,芒种在堤坡上跷起一条腿,先飞下去了。秋分送了几步,小声问:"晚上你家来睡觉吗?"

"不回来了,"高庆山说,"情况紧一点,工作很忙。"

(三)

高庆山和芒种奔子午镇来,子午镇的街上,除了集日,就冷冷清清。

俗儿家在西头路北一条小胡同里,白板门儿大开着。芒种先进去,望着窗户喊:"高团长在这里吗?"

俗儿立马穿鞋下炕,笑着说道:"支队长呀!你可轻易不来。快

到屋里,车子就靠在那里吧,没人敢动!"

高庆山站在那里说:"高团长哩?"

"不在家。"俗儿说,"你们先屋里坐坐,有现成的热水,擦擦脸,喝碗茶。你看身上这土!"她说着跑回屋里拿出一把红绸结成的甩子来,拍打着芒种的身前身后,小声笑着问:"这还是春儿给你做的那双鞋?好模样儿,好活计,你回头不去看看她?"说得芒种红了脸。

推托不过,高庆山只好跟她到屋里去。这房间,和外面土墙草顶的宅院,十分不相称。它明亮,温暖,充满女人头油香粉的气味。这个环境,对从雪山草地走过来的高庆山,非常生疏,他坐不下去,像叫毒气熏着。

俗儿忙前忙后,热情地招待着高庆山和芒种二人,两人十分不自在,直接问高疤去哪里了,想谈完话早些回去。俗儿只好说出高疤被邀请去了田大瞎子家,自己也拦不住。听完这些,高庆山决定先带芒种出去走走,到处转转看看。

从小胡同穿出去,就是村北野外,高庆山低头走着,他的脚步有些沉重,迎着北风走了老远一截路,才回过头来说:"芒种!我考考你,你说田大瞎子叫高疤去,是为了什么?"

芒种说:"反正没好事!"

高庆山说:"这个村庄,有人暗里和我们斗法。田大瞎子是拉拢高疤,今天这一顿饭,轻者是进行离间,重者是要煽动高疤叛乱!"

"那我们怎么办哩?"芒种问。

"我们要估计到这个情况。我不叫你出面去找高疤,那样做,会更坏事。对高疤我们还是要争取教育的,在子午镇这个环境里,他就会坏到底。你说对不对?"

"对。"芒种笑着说,"整天躺在俗儿那个小暖洞里,再受着点反革命的挑拨,谁还有心思革命呀?"

高庆山也笑了。他更喜爱眼前这个孩子了,这孩子,经过党的教

39

育和本身的战斗经历，会成为一个亲近可靠的助手。他说："我们到地里去吧，和那些做活的老乡们谈谈！"

恰好此时芒种看到了老常，连忙带着高庆山过去了。老常的地犁得很好，只是可惜是为地主犁的。高庆山给老常讲了革命的重要性，希望老常能带领工人们把工会组织起来，一起抗日。老常应了他，但是也害怕他当家的看见他和红军接触，急忙走了。

回到俗儿家里，高疤已经回来，喝醉了，倒在炕上，没法正经地谈问题。高庆山对他说，希望他赶紧回去，什么事情也可以商量，就和芒种推车子出来。

俗儿拦不住，送到大门以外，抓住高庆山的车子把说："支队长，我问问你：为什么一定叫高疤去学习呀？"

高庆山说："有机会学习，是顶好的事。在我们部队里，上上下下都要学习。他不抓紧学习，过些日子，下级学习好了浮上来，他就得沉下去。学习，是为工作，也是为他好呀！"

"他想不通。"俗儿说，"等他回去了，你这上级该多教导教导他！"

芒种插进来说："还是你晚上多教导教导他吧。对于高团长来说，你的话，恐怕比上级还有劲儿哩！"

"你这小嘎子！"俗儿笑着撒开手。

第五章

（一）

　　冀中人民热情支援抗日的部队，农民们做的鞋都交上来了。春儿一双一双地检验，有的布料和针工好一些，有的使块旧布用锅底的黑烟子染了一下，在鞋底儿里衬些草纸。可是，这些青年妇女们都很高兴，这是她们第一次给卫国保家的战士们做的针工。她们第一次给家庭以外的人做活，这些人穿上她们的针线，在战场上抗击进犯乡土的敌人。在夜晚丈夫和孩子睡下以后，她们掌起灯来做到鸡叫。她们在货郎担上选择顶好的鞋面，并且告诉掌柜，这不是给自己的丈夫做，也不是给自己的孩子做，是给抗日的军队做的。她们手里扬着鞋面回家，就像举起一面小小的坚决抗日的旗帜。所有的人都望着她们，她们自己感觉到了荣耀，在众人心中引起了钦佩。

　　做好鞋，她们手托着送到春儿家里，活路差些的就叫自己的婆婆代替送了来。春儿称赞了这些年轻的伙伴们，也拿出自己做的一双，请她们批评提意见。自然那是全村拔尖的顶漂亮顶坚实的一双。

　　就还差田大瞎子家的七双。春儿找了俗儿，要一同去催。俗儿这两天不积极了，她有时顾前不顾后，很能陷阵冲锋，可是她的思想感情变动得太厉害。高疤倒是回城里去了，那天吃了田大瞎子一顿饭，回来他对俗儿说："你不要当他们的枪使，日本人占了河间，高阳不知道能不能站得住。我们和春儿不一样，她们是和高庆山睡一条

41

炕的人儿，自然一心保国，我们得留一只后手，不要再得罪田大瞎子！"

今天早晨，又听见日本人进攻的炮响，俗儿有点害怕。这些日子，她和春儿也闹不团结。她看见村里的年轻妇女们都向着春儿，对她，不过是眼面前的怕情，她知道自己在众人眼里的地位。当春儿叫她一块到田大瞎子家里催鞋，她说："我这主任还想推出去哩！上回我出了阵，这回该你试试了。享好名儿不是一个人的事，得罪人也不能只我一个人！"

老蒋也走过来，对着春儿，鼻子不是鼻子脸不是脸地说："谁有工夫，谁是满街腿，谁就一个人跑去，来回上我们家来干什么？俺们俗儿不去干那瞎踹子勾当，自有了妇女会，我们家里就没得安生过，门限子也叫你们给踢破了！"

真把春儿气坏了，她说："你家的门限是我踢破的？我看是那些有钱有脸的大汉子们！"

"春儿大妹子！"俗儿接过来说，"打人别打脸，骂人别揭短。谁不知道我们，我们脏，我们自己兜着，沾不到你的身上去！我们不管怎样，还没有赔着工夫赔着布，给小做活的做衣裳做鞋，偷偷送到城里去哩！住在一个村里，我又没戴着捂眼儿，谁做的事情谁不知道？别在俺们家里充好人来了！"

春儿气得抱着一捆鞋，哭着出来。可是她没有绝望，正和整个民族进行的光荣努力一样，她忍受着痛苦，坚持庄严的工作。她挺直身子，一个人进入了田大瞎子的庄宅。

正赶上田大瞎子送出他的客人来。这客人像一个退休的官员，又像一个跑合的商人。他从敌人占据的保定来，那天请高疤吃饭，陪的就是他。望见春儿，田大瞎子把眼一翻说："又来干什么？"

春儿说来拿鞋，田大瞎子的客人给春儿一阵奚落，春儿觉着这是一个汉奸，也这样说出来了。哪知田大瞎子向被人踩了尾巴一样，立刻就跳起来了，和春儿好一阵掰扯，甚至还想动手。老温见了立刻前

去阻止，最后被田大瞎子踢伤了腿。春儿在那儿哭，老温叫她去县城告状。

春儿答应着走了。田大瞎子叫来老常套车也要去城里，老常看到老伙计老温捂着肚子趴地上的场景断然拒绝。田大瞎子自己走了，而他敢这么做是因为他听见了日本人的炮响，是因为高疤去他家吃了一顿饭，也仗持自己儿媳妇新晋升了县指导员。

田大瞎子一脚踢成了子午镇好久组织不起来的工人抗日救国会。全村十七个长工听见消息，都跑到老温的床前，立时写上了名字，按上手印，选举老常当他们的主任。叫他去追赶春儿，一同进城。

他们三个人走在通向城里的路上，春儿在最前边。现在是立冬前后，快响午了，太阳融化着大道两边树枝上的霜花，不断地滴落在她的头上。今天，遍地是部队，各地的人民自卫军，正奉命向前方转移。西北方向，腾起滚滚的黄土。冀中人民组成的部队，在家乡的冬天的早晨，披带着呼吸和热汗凝冻成的霜雪，庄严前进。在田野工作和在道路上行走的农民，都停下来望着他们。在村庄的入口，男女拥挤着，在房檐草垛上，有雄鸡接连热情地长鸣。这是平原伟大战争的开始，坚决打击进犯的敌人，民族愤怒沉重地向前滚动了，它的每一个儿女，都激动地跑来，伸手在牵引上，加上自己的一把力量。

（二）

在路上，老常步眼大，不久就越过了田大瞎子，看着追上了春儿。

春儿走得很暖和了，脊背上出了些汗。

老常叫住了她，说："没冤说这会儿的姑娘们好，走起路来像风轱辘，叫我好赶。"

"你来干什么，"春儿把眼睛收回来说，"走在前头，给你们当家的鸣锣开道吗？"

"想得他！"老常笑着说，"我和他散了，咱们是一条线儿上的人。我是子午镇的工会主任，帮你去打官司。"

"什么时候选的你？"春儿笑了。

"这才叫走马上任。"老常说，"刚刚开过会，我连行头也没换，就追上你来了。他们说你小女嫩妇，嘴头心劲上，全不是那老狼的对手。"

"有你去，自然更好，就是我一个人也不会把官司打输！"春儿说。

"我站在一边给你仗胆儿。"老常说着叹口气。

春儿先到的动员会，动员会的人说，高支队长正在给军队讲话，春儿想芒种一定也不闲在，就说："我们是来打官司！"

动员会的人问了问她是哪村的人，就说："打官司你到县政府。党政军民，各有系统。县政指导员是你们老乡，又是个妇女同志，她叫李佩钟。"

春儿出来和老常一说，老常一咧嘴："那怎么行？她是田大瞎子的儿媳，还有不向着公公、反向着我们的道理，我看这一趟白来了！"

"既是来了，就得试试，空手回去，不显着我们草鸡？"春儿说，"什么儿媳妇公公，是人就得说真理，她既是干部，吃着人民的小米，难道还能往歪里断？"

她一路打听着往县政府来，穿过一条小胡同，到了跑马场，再往北一拐，就看见县政府的大堂了。

县政府大院空空荡荡，目前也只有李佩钟和一个老差人。李佩钟叫老差人去动员会拿来一张红纸，郑重写下"人民政府"四个楷体大字。她告诉老差人，人民政府就是为老百姓办事的政府，而不是老百姓的父母官。之后，她又叫老差人去把弄一些糨糊来，好将这几个字糊上。

老差人又到动员会领了面，打好了一大盆糨糊，和县长抬着这张大红纸，走到大堂上来。这四个大字，在老差人手里，分量很重，他不知道究竟从这一任县长手里，要有什么新出的规程。

李佩钟跳到大堂的桌案上去，这种灵便，使老差人吃了一惊。她在那块旧的匾额上面，重重地抹上了一层糨糊，把一大群麻雀从匾额后面的窠巢里轰出来，老差人叫她别迷了眼。她仔细把红纸贴在上面，老差人一手扶着桌案，一手比画着，好叫她摆得更端正。贴好了，李佩钟站在桌案上，端详着她写的这四个大字，心里一时激动，眼眶充满了热泪。

这是神圣的理想。鲜红的匾额，映照得大堂明亮，一直照过跑马场，照到野外去。在那里，高庆山正给四千个战士讲话，口号声不断地传来。走在街道上的人，一眼就可以看见这四个字。这四个字，实现了多少年多少人的斗争的愿望。为了这个愿望，他们前后献出了青春的生命，亲人为他们曾经把眼泪流干。

"县长，有人来打官司！"老差人低声叫，"你快进去，等着击鼓升堂。"

李佩钟往外一看，一个女孩子走进来，后面跟着一个中年的农民，都很眼熟。原来是春儿和婆家的领青长工老常。

春儿将事情的经过简单地讲了一遍，老常作为证人站在一旁点了点头。李佩钟还没来得及说什么，田大瞎子就到了。

田大瞎子从小没有走过远道，十八里的路程，出了浑身大汗。他穿得又厚，皮袍子和大棉靴上，满是尘土。他喘着气，四下里找外收发，可是一个熟人也看不见，上前一步，才看见他的儿媳和对头冤家们。他面对着正堂站住，大声说："现在打官司，还用递状纸不用？"

看见公公，李佩钟心里慌乱了一阵，她后退一步，坐到椅子上，掏出了笔记本，说："不用状纸，两方当场谈谈吧！"

田大瞎子一阵胡搅蛮缠，甚至还想拿公公的身份逼迫李佩钟。春儿则是有理有据，一条一条让人信服。不知是谁散布的消息，大家都知道新来的县长要审判自己的公公了，于是都跑来看热闹。高庆山讲完话也回来了，带着芒种混在人群中。最后田大瞎子开始无理取闹,斥责李佩钟不过就是踩着他的亲人进行宣传。

看热闹的人们,全望着李佩钟,李佩钟站立起来,说:"既然都是事实,你也承认,我就判决了:不遵守抗日法令,破坏合理负担,罚你加倍做鞋。推倒干部,踢伤工人,是严重的犯罪行为,你回村要在群众面前,向春儿和向受伤的工人赔不是。你要负担工人一切医药费用。工人伤好了,只许他不干,不许你不雇,还要保证今后不再有这样的行为发生!"李佩钟宣判完毕,转身问春儿:"这样判决你们有什么意见?"

"意见倒没什么意见了,"春儿说,"只是受伤工人的吃食上头,坏的他吃不下,好的我们又没有。被告回到村里,要逢集称上几斤点心,买些鸡子儿挂面什么的送过去,这才算合理。我就这么点,看看俺村的工会主任还有什么意见?"她回头看看老常。

老常赶紧摇了摇头。田大瞎子说:"像你说的,我还得买点干鲜果品,冰糖白糖哩!聘闺女娶媳妇,我也没有这么势派过!"

"势派势派吧,从前你拿着工人不当人看待,好东西都自己吃了,你既然愿意多送点东西,我们赞成!"老常的庄稼火上来,也气愤愤地说了一套。

"就像春儿说的那样办。"李佩钟说着退了堂。

人们哄哄嚷嚷地走出来,议论着这件事儿。一个年轻人和一个老年人抬起杠来。老年人说:"我看这女县长有点过分,栽了你公公,你脸上也不好看呀!"

年轻人说:"你看的是歪理,当堂不让父,王子犯法还一律同罪呢,做官最要紧的是不徇私情儿。"

(三)

李佩钟送走了春儿,回到自己屋,兴奋地哼起歌儿来了。不一会

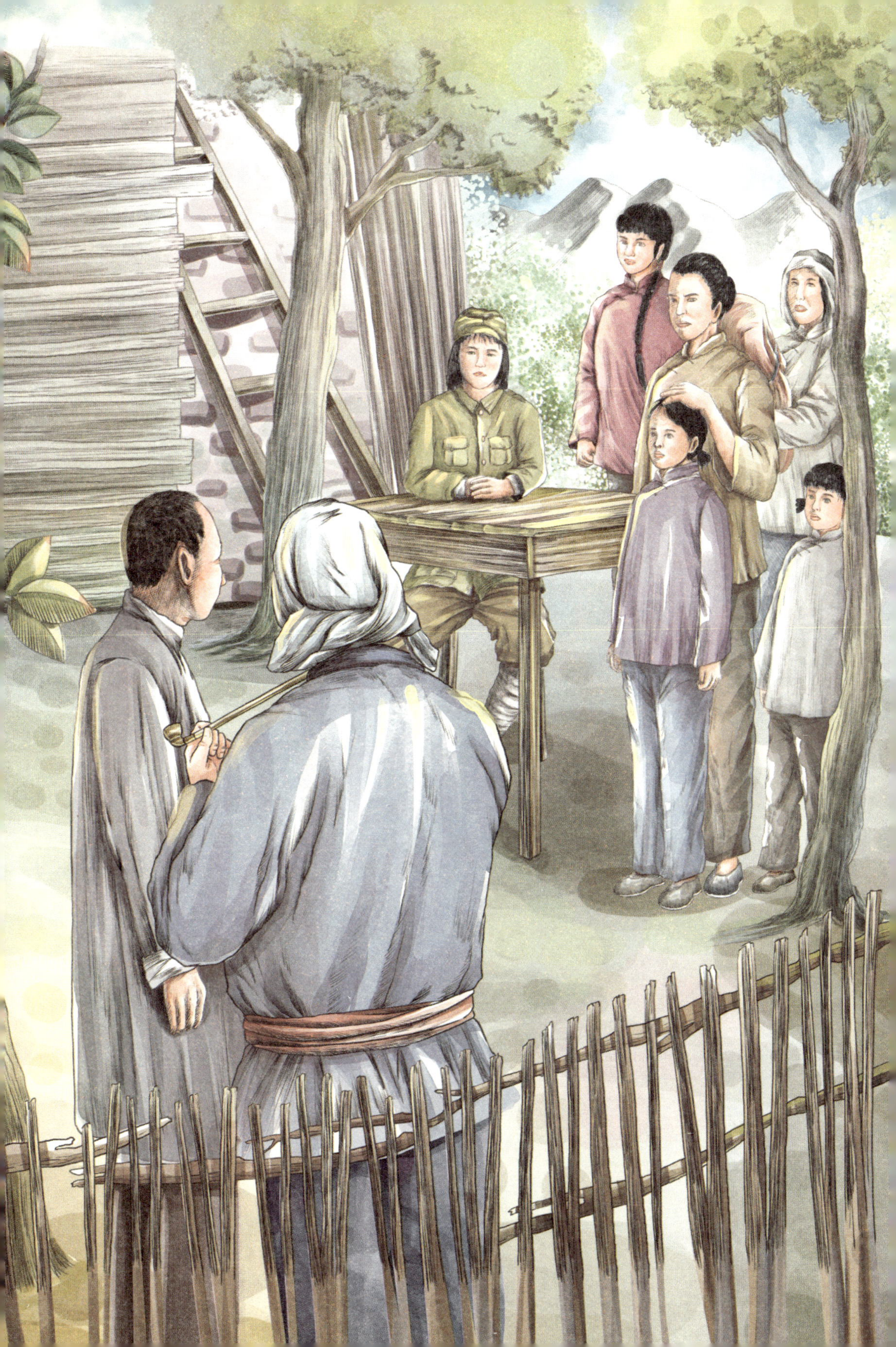

儿,高庆山也来了,他表扬了李佩钟,也指出了一些工作上的不足。之后,高庆山告诉李佩钟,他要带队伍到前方去,希望李佩钟能带领人们破路,把县城拆除。

"破路可以,为什么要拆城?"李佩钟问。

高庆山说:"我们不能固守着城池作战,我们要高度分散和机动。敌人可能占领县城,我们把城拆除,使它没有屏障,我们好进行袭击。"

李佩钟说:"还没有打仗,我们就准备放弃县城?这几个月的工作不是白做了?"

"工作怎么会白做呢?"高庆山说,"我们初步完成了战争的动员,人民有了抗日的要求和组织。我们放弃的是城池,并不放弃人民,打起仗来,我们和人民结合得就更密切了,更血肉相连,更能进一步组织和动员。我们要有胆量和信心,不能张皇失措,要组织群众的力量,巩固他们的战斗热情,使人民的生活,渐渐适应游击战争的环境。"

李佩钟说:"破路还容易,这样高的城墙怎么个拆法,砖拉到哪里?土放在哪里?我的老天,三年的工夫也拆不完呀,哪里找那么些人呢?"

高庆山说:"修这城的时候,恐怕更费力,可是人民到底把它修成了,为什么现在就没有力量把它拆掉?好好动员群众,还要进行说服解释,不然全县的群众会反对,他们认为这是破除风水。说通了以后,砖呀,土呀,群众都有办法解决。动工的时候,村中出差要公平,各村负担的尺丈要合理,县里要解决民工吃饭喝水住房的困难。"

交代完任务,高庆山就要回去吃饭了,李佩钟留下他,要请他吃饭,高庆山应了下来。李佩钟高高兴兴地跑出去叫老差人去十字街路北买羊肉饺子去了。两人又寒暄了一会儿,一起吃了一顿羊肉饺子。

吃完饭,李佩钟低着头,收拾了碗筷。她坐在床上,好久没说话。把头靠在那厚厚的松软的干净整齐的花布被子上。

高庆山站起来说:"时间不早了,我该走了,这顿饺子真香!谢谢

你请客啊！"

"你不批评我就行了，还谢什么呢？"李佩钟说，"等一等再走，我有句话儿问你。是你们老干部讨厌知识分子吗？"她说完就笑着闭上了眼睛。

"哪里的话！"高庆山说，"文化是宝贝，一个人有文化，就是有了很好的革命工作的条件。我小时没得上学念书，在工作上遇到很多困难，想起来是很大的损失。遇到知识分子，我从心里尊敬他们，觉得只有他们才是幸福，哪里谈得上讨厌呢？自然知识分子也有些缺点，为了使自己的文化真正有用，应该注意克服。"

"高同志，我还有一个问题。"李佩钟说。

"什么问题？"高庆山问。

"我的婚姻问题，"李佩钟坐起来，"我想和田家离婚，你看可以吗？"

"这是你自己的事情，"高庆山说，"我很难给你提意见。可是我相信在革命过程里，你会解脱了这种苦恼，完全愉快起来。这是一个应该解决的、不能长期负担的问题。"

"你同意我离婚？"李佩钟笑着问。

高庆山点点头，走了出来，在大院里，他吸了一口冷气，整了整军装。

黄昏时候，李佩钟站在十字路口，送走那些出征的战士，他们是第一次去作战，一个紧跟一个，急急地走着，举手向女县长告别。高庆山在最后拉着一匹马，沉静地走着。李佩钟望着他走尽了东大街，走出了东城门，才转身回到了县政府。夜晚，她一个人在这大院落里，在南窗台点起一支红蜡烛。她好像听见了寒风里夜晚行军的脚步，霜雪在他们的面前飞搅，骑在马上的将军，也不会想到爱情。她振作自己，在一张纸上，描画拆城破路的计划。

隔着五尺砖墙，县政府的东邻，是一个小印刷厂。半夜里，那架人摇的机器，正在哗哗地响动，工人们印刷着动员会编的抗日小报纸。李佩钟想：等她把图样设计好，再加上一个说明，可以在小报上登载。

机器的响声停止了,接着是工人们的嘈杂。不久,那个印刷厂的负责人,细高个子秃头顶的老崔,跳墙跑到她的屋里来。

秃头老崔来找李佩钟是想问一下她有没有毛呢布料,印刷厂的机器转动需要它。李佩钟听完,从床底下扯出一个包袱打开,抖出一件大红的毛呢外氅来。

"真算我走运!"秃头老崔拍着巴掌说,"画眉张变戏法,假神仙的倒搬运,也来不了这么快!太好了。只是这太可惜了儿了,这是十成新的衣裳呀,就算是你大方,我也下不得手把它割成碎块,去裹那油黑的滚子呀!你再找块别的吧,最好是布头布尾!"

"别的没有,就只这件。"李佩钟笑着说,"你就是这么婆婆妈妈的,既是用着它,就算没糟蹋,有什么可惜的?再说,放着我也不穿,还不是叫虫儿咬了?快拿去吧,别假张支了!"她把衣服扔在秃头老崔的怀里。

秃头老崔赶紧接住,还翻过来翻过去用手摸着,赞叹地说:"真是抗日高于一切,这身衣裳,拿到北京,也能换五袋洋面!"

秃头老崔走了以后,李佩钟的图样画成了,她计划在全县的纵横的车行大道的两旁,每隔五尺,刨一个壕坑,长度,五尺,宽深,三尺。她想,这样就可以使敌人的汽车寸步难行。

她放下铅笔,细心地看着自己的工作成绩,蜡烛着过了一半,火苗跳动。她闭着眼睛休息了一下,身上感到一种像叫亲人抚摸的轻轻的舒快。睁开眼睛,从窗纸的小破口,她看见有一个很大的流星斜过天空坠落了,像泻下了一摊水银,照得全院明亮。

(四)

破路的图样发布下去,已经靠近年节。

敌人的烧杀奸淫的事实,威胁着平原的人民。在铁路两旁,那些十六七岁的女孩子们,新年前几天,换身干净衣裳,就由父亲领着送到了婆家去。在根据地,爹娘们还想叫女儿抢着坐坐花轿,唢呐和锣鼓从夜晚一直吹响到天明。可是,因为敌人的马蹄、汽车和坦克,在平原的边缘,在冰冻的麦苗地里践踏倾轧,就使得在大道上奔跑的迎亲车辆,进村的喜炮,街头的吹唱,都带上了十分痛苦的性质。

在这种情形下面,破路的动员,简直是一呼百应。谁家有临大道的地,都按上级说的尺寸,去打冻刨坑。早晨,太阳照耀着小麦上的霜雪,道路上就挤满了抢镐扶铲的农民。

老温的伤养好以后,又回到田大瞎子家里做工,经人们说合,老常也回来了,还担任着村里的工会主任。田大瞎子的女儿,坐了月子,婆家报了喜来,田大瞎子的老婆忙着打整礼物,白面挂面,包子卷子,满满装了四个食盒,叫老常担了送去。

老常以自己要挖沟为由拒绝了田大瞎子的老婆,叫田大瞎子自己挑去送。田大瞎子老婆与其争论了几句,最后也无可奈何。进到里间与田大瞎子商量。田大瞎子虽说挺不高兴,还是选择了挑担的任务,他以为这总比挖沟轻闲些。老常扛起铁铲到街上集合人去了。

田大瞎子挑着担子刚走到过道就折回来了,他觉着在众目睽睽之下干活很丢人。于是决定去换挖沟的老温或者老常回来。来到地里,田大瞎子找到了老温。田大瞎子接过铁铲来,把老温打发走。他把已经刨好的坑,填了靠里面一半,再往大道上伸展,这样,他可以保存自己的地,把大道赶到对面的地邻。

对面地邻,挖沟的也是一个老人。这老人是高四海。

听见田大瞎子说话,他直起腰来喘了口气,看见田大瞎子填沟赶道,他按下气说:"田大先生,你们读书识字,也多年办公,你告诉我什么叫人的良心呢?"

田大瞎子抹着铁铲柄儿翻眼看着他说:"你问我这个干什么?"高四海说:"日本人侵占我们的地面,我们费这么大力气破路挖沟,还

怕挡不住他！像你这样，把挖好的沟又填了，这不是逢山开道，遇水搭桥，诚心欢迎日本，唯恐他过来得不顺当吗？"

田大瞎子狡赖说："把沟挖在大道上，不更顶事儿？"

这时从北面过来了两抬花轿，后面紧跑着几辆大车。赶车的鞭打着牲口，在田大瞎子的地头上碰上沟，差一点儿没把送女儿的客人翻下来。吹鼓手告诉高四海说：北边的风声不好，有人看见日本的马匹了。

高四海对田大瞎子说："看！你这不是挡日本，你这是阻挡自己人的进路。你的地里，留下了空子，日本人要是从这里进来，祸害了咱这一带，你要负责任！"

"我怎么能负这个责任哩？"田大瞎子一背铁铲回家去了。

"什么也不肯牺牲的人，这年月就只有当汉奸的路。一当汉奸，他就什么也出卖了，连那点儿良心！"高四海又挖起沟来，他面对着挖掘得深深的土地讲话。

春儿背着一把明亮的长柄小镐，用袖子擦着脸上的汗和头发上的土，笑着站在高四海的身边："大伯！还不收工吗？"

"就完了。"高四海扔出最后一铲土，从坑里跳出来。已经是吃晌午饭的时候，挖沟的人们，前前后后地回家吃饭去了。

吃过饭，收起小镐，春儿扯出一杆父亲看瓜园用的花枪来。红缨陈旧了，枪尖挂满了黑锈，她把红缨洗净，抱来一块青沙石，在小院当中，她蘸着清水磨着，用手指拭着，嘴里哼着歌儿，把枪尖磨得锋利明亮。

她背上花枪，走在街上，吹着哨子集合新成立起来的妇女自卫队。在子午镇，人们听见了妇女们保卫祖国的第一声口令，这口令由一个十八岁的女孩子春儿喊出来。

男人们看见她们那乱脚步，起初觉得好笑，可是立时就想到那命运里共同的要求，这行动里的严肃的性质。他们也跑着去集合，说不能落在女子的后面。有很多工作，常常是男人带动女人，在有些地方，

是女人走在前头男人们才跟上来。

隔着一条大道,在两块大场院里,子午镇的男女自卫队对起操来。男自卫队队员们,不愿意在自己的妻子姐妹面前丢人,他们竭力把队形弄得整齐,脚步着地有力。队长竭力把口令喊得洪亮,可是终于夺不过那些老少观众来,他们还是围着妇女队看。

男子们扔起手榴弹来,提议和妇女们比赛,这一下把那些孩子们引逗过来了,还回过头,闹蠢样儿,对妇女们喊叫讨战。

妇女们低了头,她们从来也没摸过这个玩意儿。春儿挺挺身子过去了,她说:"我们还没练习过,我扔两下试试!"

她把手榴弹冲着场边那一行柳树投去,第三次,就超过了男子们的纪录。

散操的时候,春儿站在妇女自卫队的前面说:"今天前晌,村北里已经听见敌人的汽车叫唤,藏藏躲躲,早寻婆家,全不是我们的好办法,我们妇女躲到哪里,还不是叫日本人欺侮,还不是一刀菜?我们要拿起刀枪自卫!我们的队伍到前面打仗去了,那里面有我们的丈夫,也有我们的兄弟,我们要帮助他们,和他们同心合力,就像在家里在地里做活的时候一样。"

第六章

　　第二天,是腊月二十七,子午镇年终大集日。往年,不到天明,小贩们就推车挑担,来占地段,大街两旁是柿饼、核桃、黑枣儿,中间排满小车板床,摆的是海带、粉条儿、蘑菇。附近各村的农民,带领着孩子们,从四面八方的道路上奔着这里来了,人多得推挤不动,从东头走到西头,就要半天的时间。卖年画儿的把画挂在客店的梢门洞里,卖花炮的占了村西大场。五龙堂的花炮最有名,他们套着大车,打扮得像卖艺的,用红布包着头,用花枪挑着鞭炮,站在车厢上接连不断地放,大声宣传,互相比赛,好像是来争名,并不是做买卖。

　　今年大不同了,日本兵占了铁路线,西边的山货和东边的海货都运不过来,集市冷落了很多,五龙堂的花炮上市的也很少。

　　往年,五龙堂的变吉哥,总是在春儿家的门口,摆个起花摊儿,头天晚上,春儿就给他把地方打扫干净,年中买卖忙,还给他端出碗便饭来。变吉哥做的起花,起得直,升得高,响得脆,还带着炮打灯。五个火球儿在天空极高的地方飘下来,像分开下垂的花瓣儿。临到晚上收摊,变吉哥就给春儿留下这么一把小起花,算是"地铺钱"。

　　今年,变吉哥没有扎起花,他担了一筐小灯笼来,灯笼做得很精致,画儿的颜色水色都很新鲜。还有走马灯,他装好一盏,挂在筐系儿上,灯上前面跑着一群日本鬼子,在后面追赶的是八路军,男男女女的老百姓,背着铁铲大镐去挖沟,鬼子就跌跟头马趴的受擒了。

变吉哥这个时候已经是五龙堂抗日救国委员会宣传部部长,他会写会画,任这个职位刚好。春儿正准备出门去卖线,见着了被小朋友围着的变吉哥。小孩们散去后,春儿跟变吉哥商量想成立一个识字班,请变吉哥来教他们。变吉哥说这是好事,一百个愿意。春儿心满意足地准备走了,临走前叫变吉哥卖完了灯笼稍微等会儿她,她有事请他帮忙。

她卖了线子,到洋布棚买了七尺花布回来,已经过晌午了,变吉哥也收了摊儿,把筐子挑到春儿的院里。春儿先进屋扫了扫炕,放上小桌擦抹干净,请变吉哥炕上坐。她又去烧了一壶水,倒了一碗放在桌子上。

春儿叫变吉哥帮她写一封信,署名写的是自己的姐夫高庆山,但是信的内容却是给另一个人看的。信里讲述了她这段时间的经历,一通话下来,令变吉哥摸不着头脑。

春儿把信带在身上,到姐姐家去,好找个顺便人捎走,另外,心里有些事,要对姐姐谈谈。

去到姐姐家,才发现有许多人在开会。秋分出来告诉她是党的小组会议,叫她去河滩上转转。春儿应了,赶着羊去了河滩。

阳光铺在河滩上,春儿有些发闷。党的名字在她心里响着,有一种新奇的热烈的感觉。这个贫苦的、从小就缺少亲人爱抚和照顾的女孩子,很容易被这个名字吸引,就像春水阳光和花草一样。

她知道姐姐和姐夫都是共产党员,芒种也可能是了。凡是她的亲人,都参加了这个组织,就是她还没有。关于共产主义,这个女孩子能够认识到什么程度呢?很难测验。她能记忆的十年前的一次暴动,是为了穷苦的人们,在她感到亡国的痛苦的时候,他们又回来组织了抗日的队伍,进行广泛的动员,建立了政权,并且支持她打赢了官司。她所能知道的就是:共产党保证了她的生活的向上和她的理想的发扬。

她要加入这个队伍，为它工作，并用不着别人招呼一声。她已经参加了妇女救国会，参加了妇女自卫队，早就认定自己是这组织里的一员了，可是现在看来，还有着一个距离，她被姐姐关在了门的外边。

她要参加党，她要和姐姐说明这个愿望。她很快就决定了这个愿望，她抚摩着大母羊身上厚厚的洁净的绒毛，抬起头来，面对着太阳。

姐姐送走了别人，回头站在堤坡上向她招手，她带着羊群跑了回去。

春儿请求自己的姐姐秋分介绍她入党，秋分看着自己的妹妹，满口答应了。

春儿回到家来，热了一点剩饭吃。天黑了，她上好篱笆门，堵好鸡窝，点着小煤油灯，又坐在炕上纺线。

她摇着纺车，很多事情在她眼前展开，心里很是高兴。

她思想一些关于妇女的问题，她的知识不多，心里只有那些小时听书看戏得来的故事。在灯影里，她望着墙上那几张旧画儿，丈夫投军打仗去了，妻子苦守在家，并不变心。每一幅的情节，她都懂得，也能猜出那女人说的什么，想的是什么。"可是都没有我们好，我们除了纺线织布，不是还练习打仗吗？"

窗户纸微微震动，她听见远远的地方，有枪炮的声音。她停下纺车，从炕上下来，走到院里，又从那架小梯子，爬到房顶上。

她立在烟囱的旁边，头顶上是满天的星星，不知道从哪里来的霜雪，落在了屋檐上。东北天角那里，有一团火光，枪炮的声音，越过茫茫的田野。我们的部队在那里和敌人接火了，她的心跳动着，盼望自己人的胜利。在严寒的战斗的夜晚，一个农村女孩子的心，通过祖国神圣的天空、银河和星斗，和前方的战士相连在一起。

第七章

不管季节早晚，平原的人们，正月初一这天，就是春天到了。在这一天，他们才能脱去那穿了一冬天的破旧棉袄。

三十晚上，春儿看看没风，就把变吉哥送给她的灯笼，挂在了篱笆门上。回到屋里，她把过年要换的新衣服，全放在枕头边，怎样也睡不着。荒乱年月，五更起得也晚，当她听到邻舍家的小孩放了一声鞭炮的时候，就爬了起来。

她开开房门，点着灯笼，高兴自己又长了一岁。在灯光底下，她看见街上挤满了队伍，在她家门前，有一排人坐在地下，抱着枪支靠着土墙休息。

家家门口挂起来的灯笼照耀着他们，村里办公的人们全到街上来了，春儿正和战士们说着话，老常迈着大步过来："春儿，快着点，我们去给队伍号房子！"

"号房子要我去干什么？"春儿说，"又不是给妇女派活儿！"

"什么工作也离不开妇女！"老常说。

春儿跟着他走了几家，动员着人们腾出房子来，老常和房主们说："腾间暖和屋儿，把炕扫扫。咱们在哪里挤插着住两天，也不要紧，叫战士们好好休息休息。人家打了十几天仗，一夜走了一百多里，到现在还水米不曾沾牙，这么冷的天，全坐在街上等着哩！"

房主们说："你走吧，没错儿！孩子的娘！把炕上那些乱七八糟

的东西收拾一下，把尿盆子端出来！"

老常说："不碍手的东西，就不要动，这个队伍，不拿老百姓的一针一线！"

号好了房子，太阳就出来了，春儿回到家里，看见有一匹大青马系在窗根儿上。原来是芒种回来了。

春儿给芒种下了一碗饺子，两人聊了聊部队里发生的事。从芒种口中，春儿得知部队在黄土坡打了一场胜仗，得了一些枪支，高疤在队伍里表现也很良好。芒种还告诉春儿人民自卫军的吕司令也来了，叫她去见见。吃完，芒种因为还有任务，放下碗就又骑着马跑了。

春儿决定到街上去转转。今年的大街上，显着新鲜，在穿着红绿衣裳的妇女孩子中间，掺杂着许多穿灰棉军装的战士。战士们分头打扫着街道，农民和他们争夺着扫帚，他们说什么也不休息，农民们只好另找家什来帮助，子午镇从来没有这么干净整齐过。

在那边，有一个高个儿的军人，和农民说话，眼睛和声音，都很有神采。衣服也比较整齐，他多穿一件皮领的大衣，脚下是一双旧皮鞋。有一个妇女小声告诉春儿说："那就是吕正操！"

春儿远远地站住，细细打量人民自卫军的司令员。说起来，这也是她的上级呀，想不到这样大的人物，能到子午镇来。

吕司令和农民们说，破路的工作，做得不彻底。这样小的壕坑，只能挡住拉庄稼的大车，挡不住敌人的汽车和坦克，必须把大道挖成深沟，把平原变成山地。又问村里人民武装自卫的情形，农民们说："都成立起来了，人马也整齐，就是缺少枪支。吕司令，你从队伍上匀给我们一点吧，破旧的我们也不嫌。"

吕司令答应了这个要求。春儿一高兴,觉得自己也该上前去说两句话,她慢慢走到吕司令的身后边。

"春儿来干什么?"一个年老的农民说,"也想要点东西?"

吕司令转过身来,看见了这个女孩子。在冀中,他遇见过很多这样的女孩子,她们的要求更不好驳回。

"我是这村的妇女自卫队的队长。"春儿立正了笑着说。

"我把枪支送给村里,自然也有你们的份儿。"吕司令说。

"除去这个,我还有个要求。"春儿说,"我们不会排操打仗,吕司令教教我们吧,我就去集合人!"

"等明天吧,我派一个连长来教你们。"吕司令笑着说。

"军队上要女兵不要?"春儿问。

"你愿意去打仗?"吕司令笑着说,"现在还没有招收女战士,我们政治部成立了一个剧团,你要是喜欢演戏唱歌,可以去报名。"

"俺不学那个!"春儿转身跑到妇女群里去了,妇女们都冲着她笑。

这天晚上,在村西大场院里,开了一个军民联欢晚会,五龙堂的老百姓也赶来了。吕司令、高翔在会上讲话,动员人民,政治部的火线剧团演出了节目。春儿和秋分,坐在一条长板凳上看,高庆山和芒种也从城里赶来了,拉着马站在群众的后面。戏文都很简单,春儿第一次看到日本鬼子的形状。子午镇的鼓乐,也搬到台上响动了一阵,又把军属高四海大伯拉上去,请他演奏大管。老人望着台下这些军队和群众,高兴极了,他吹起大管来,天空的薄云消失,星月更光明,草木抽枝发芽,滹沱河的流水安静,吹完了,人人叫好。他接着做了一番抗日的宣传,最后大声说:"这就是我们的天下!"

春儿和秋分也感觉到:今天这才是自己的大会,身边站立着自己的人,听的看的也都是自己心爱的戏文。

第八章

（一）

晋察冀抗日民主根据地已经形成了，各地都吹响了抗日的号角。子午镇这边也正做着拆城的准备工作。一番商量之后，进城的日期决定了，就在三月初一。前一天晚上，春儿就背上粮食，带了一身替换的衣服，到姐姐家去了。第二天一大早，高四海就拾掇好工具，和那个东北小孩一起捆在一辆手推车上，春儿和秋分替换着在前面拉，老人驾起绊带，进城去了。

各村的人马车辆，全奔着城里去，在一条平坦的抄近的小道上，手推的小车，连成了一条线，响成了一个声音，热烈地做着比赛。高四海下身穿着棉裤，上身只穿一件破单褂，脊背上流着汗。春儿肩上搭一条毛巾，脸涨得通红。路过高坡，老人叫春儿把绳拉紧，下坡的时候，就叫她松下来。

一进西关，买卖家和老百姓全挤到街上来看热闹，县政府已经分别给民工们预备好了下处，春儿和秋分一家就住在城根一家小店里。

吃过中午饭，大家就背上家具跑到城上去看本村本组的尺丈去了，子午镇和五龙堂分了西北城角那一段，外边是护城河，里边是圣姑庙。李佩钟同着几个县干部，分头给围在城墙上的民工们讲话。李佩钟来到春儿他们这一队，站在一个高高的土台上说："乡亲们，我们要动工拆城了，不用我说，大家全明白，为什么要把这好好的城墙拆

掉？我们县里的城墙，修建一千多年了，修得很好，周围的树木也很多，你们住在乡下，赶集进城，很远就望见了这高大的城墙，森阴的树木，雾气腾腾，好像有很大的瑞气。提起拆城，起初大家都舍不得，这不是哪一个人的东西，这是祖先遗留给全县人民的财产，可是我们现在要忍心把它拆掉，就像在我们平平整整的田地里，要忍心毁弃麦苗，挖下一丈多深的沟壕一样。这是因为日本侵略我们，我们艰苦地进行战争，要长期打下去，直到最后的胜利。我们一定要打败日本，一定要替我们的祖先增光，为我们的后代造福。我们现在把城拆掉，当你们挖一块砖头、掘一方土的时候，就狠狠地想到日本吧！等到把敌人赶走，我们再来建设，把道路上的沟壕填平，把拆毁的城墙修起来！"

"到那时候，太平了，还修城干什么？把它修成电车道，要不就栽上花草，修成环城公园！"变吉哥到过大城市，忽然想到这里，就打断了县长的讲话。

"先说眼下吧，"挤在前面的子午镇的民工队长老常说，"把这玩意儿拆了，平平它，不用说别的，栽上大麻子，秋后下来，咱两个村子吃油，全不遭难了。可是这些砖怎么办呢？"

"这些砖拆下来，"李佩钟说，"哪村拆的归哪村，拉了回去，合个便宜价儿，卖给那些贫苦的抗属，折变了钱，各村添办些武器枪支！"

"好极了！"群众喊着，"干吧，一句话，一切为了抗日！"

乡亲们热情高涨就要开始拆城墙，这时，沿着城墙走过三个穿马褂长袍的绅士来，领头的正是李佩钟的父亲李菊人。他们打断了拆城墙的计划，李菊人用他在戏文见过的一些浅薄的、迂腐的知识游说着自己的李佩钟李县长。但是他所提出的观点都被李佩钟一一驳回，坚持要拆城墙。最后，群众们等不及了，出声嚷嚷着将那三人撵走了。

三个老头儿从城墙上下来，到了李菊人的家里，一进院子就听见李菊人的女人正在屋里唱《玉堂春》。

李菊人的宅院，有些没落地主的性质。大门的黑漆剥落了，影壁前面的养鱼缸里，栽种着几棵大葱，也早就冻干了。正房窗台前面，原有两棵高大的石榴树，因为冬天没人养护，死了一棵。进到屋里，是一股强烈的发霉的羊肉馅味，一撩门帘，这个唱戏出身的、李菊人的小婆儿，李佩钟的母亲，正坐在炕当中包饺子，她的艺名叫郭雁声。

拆城墙对他们这些地主绅士来说没有任何益处，因此几人凑在一堆想法子。李佩钟是李菊人的女儿，可是这条路走不通，几个人只好另辟蹊径。李菊人说他想变卖了东西去北京，那儿有钱人多，算计不到他头上，被郭雁声否决了。另外两个老头提议走封建迷信的神学道路，他们一人去圣姑庙，叫圣姑想招儿对付妇女，另一人去西关的天主教堂，叫那神父想招儿吓吓那些青壮年。这个方法几人都觉得可行，于是就分头行动去了。

圣姑庙在北门里，这是一座工程浩大的庙宇，修在一座极高的土台子上，有一百零八级白石的阶梯。河北省流传王莽赶刘秀的故事，说赶到这里，看看拿住，圣姑正在井口打水，放过刘秀，摘下头上的簪子一画，就地成了一条大河，就是现在的滹沱河。这是一段形式美丽的传说，封建统治者利用了这个传说，鼓励了这个迷信。

妇女们特别迷信圣姑，因为她出身贫苦并且受婆婆虐待。加上这一带，旱涝连年，兵灾不断，在那黑暗的年月，圣姑庙就成了附近几县妇女信仰的寄托。

关于西关的天主教堂，也有一段传说，不过是悲惨一些罢了。义和团事件的第二年，两个外国教士来到这个县城，看好一家小店，要强买这片庄基，并且打伤了年老的店主。附近的农民，出于一种崇高的情感，背上火枪火炮来帮助，他们在西关的土寨后面，和鬼子调来的洋枪队开了火，整打了三天三夜，没让他们进来，农民的妻子儿女来往运送着火药和饭食。县知事出卖了抗战的志士，叫马快手在背后夹击，农民们失败了。洋鬼子进城，杀死了那老店主和七个不离寨墙的青年农民，没等扫清他们的血迹，外国人就强迫着居民替他们修

盖起教堂，安上了十字架。

自然，以后这教也传播开了，附近很多农民也在了教。可是，他们忘不了这段经过，五十岁上下的人，都还记得死者的姓名和容貌，能演说当时火热的场面和悲惨的结局。大涝之年，寸草不收，外国人弄些高粱来，设粥厂，每个人赈济几斤山药，农民们就在了教，他们不明教义，一般都说在的是山药教。

抗战刚刚开始，农民们也曾向圣姑庙和天主堂求助，天主堂只答应他们，日本人来了，教友可以进教堂避难，但是不久就听说日本人打进了正定的教堂，还强奸了修女。至于圣姑庙上的道姑，就只能说这是劫数，圣姑也到峨眉避难去了。

当时的农民，叫天天不应，叫地地不灵，才坚决走上抗日的道路，并且建立了政治信仰。

（二）

很快，周围城墙的垛口就拆得不见了。子午镇民工队，并起大杉篙，斜倚在城墙外面，妇女们把送过来的砖，一个连一个滑到护城河外面的平地上去，那里的老年人把砖垒起来，叫大车拉走。

城墙上有一层厚厚的石灰皮，很不容易掀起，大镐落在上面，迸起火星儿来，震得小伙子们的虎口疼。后来想法凿成小方块，才一块一块起下来。李佩钟也挽起袖子，帮助人们搬运那些灰块，来回两趟，她就气喘起来，脸也红了，手也碰破了。

只要有女人在队伍里严肃地工作，这就是一种强有力的动员。男人们，镐举得更高，铁铲下去得更有力量，来回的脚步更迅速了。

春儿年轻又有点调皮。她只顾争胜，忘记了迁就别人，她拉扯着李佩钟，来回像飞的一样，任凭汗水把棉袄湿透，她不住地叫着刺激性的口号：

"县长,看谁坐飞机!你不要当乌龟呀!"

李佩钟的头发乱了,嘴唇有点儿发白,头重眼黑,脊梁上的汗珠儿发凉。两条腿不听使唤,摇摆得像拌豆腐的筷子。

"春儿!"老常劝告说,"叫县长休息休息,她不像我们,就这么一骨嘟一块的活儿,有多少公事等着她办理呀!"

春儿才放下担子,拉着李佩钟到姐姐那里,喝水休息去了。

李佩钟喝了一碗开水,心里亮堂了一些。她整整头发,看见秋分坐在地上,正一手一个往下送砖头,她问春儿:"这是你大姐吗?"

"是呀,"春儿说,"你们见面不多,过去,谁上得去你们家的高门台儿呀?"

"你就是高庆山同志的……吗?"李佩钟又问秋分。

秋分笑了笑,春儿接过来说:"啊,她是高庆山同志的'吗','吗'是个什么称呼呀?"

"这是你们的孩子?"李佩钟笑着抱起秋分身边的小孩来。

"别叫他弄你一身土!"秋分说,"是我们给人家养着的,他娘叫日本人的飞机炸死了!"

"我说哩,"李佩钟说,"高同志回来还不到半年呀!这孩子很苦,好好养着他吧。我们给你妈妈报仇!你要在战争的炮火里长大成人呀!"她拍打着孩子的小屁股,孩子趴在她的腿上,啃着她的膝盖,她痒痒起来。

"高同志知道你来了吗?"停了一会儿李佩钟又问。

"还不知道吧!"秋分说,"我们还没看见他。"

李佩钟说:"他正在开会,我回去告诉他,叫他来看你,你们住在哪一家?"

"住在西城根一家小店里。"秋分说。

"回头我给你们找间房子,你和高同志轻易不在一块儿,趁这个机会该团圆团圆了!"

秋分红着脸没有说话。春儿说:"你看这县长有多好!"

一句话把李佩钟的脸也说红了。

晚饭以后,李佩钟在城里找好一间屋子,就去叫秋分,秋分嘴头儿上不愿意。春儿说:"既是县长好心好意地找了房子,你就去吧。我一个人睡在这炕上,才宽绰哩!"

李佩钟给她抱着孩子,把秋分带到房子里,又写了一个纸条,求老乡送到支队部,一会儿高庆山就来了,一看是这么回事,就说:"她们是来拆城的,这影响不太好吧?"

"没人笑话你们。"李佩钟说,"谁不知道你们长久分离,难得相见?要不这样,老百姓才说我们不合人情哩!"

"你这县长也太操心了!"高庆山笑着说。

"算我做了一件民运工作。你们安排着休息吧,我走了。"李佩钟笑着出来,回身给他们关上了房门。

路过娘家的大门,李佩钟顺便看了看母亲。家里只有母亲一个人,刚刚点上了灯。世上哪有不爱自己儿的母亲呢?虽然李佩钟现在的工作是在跟他们对着干,可是郭雁声依然对自己的女儿心疼得不得了。见到女儿回来,郭雁声立马去煮了饺子,两人聊了一会儿,最后,母亲小声提醒李佩钟她父亲和那一帮狐朋狗友在想昏招阻止拆城墙,叫她注意些。李佩钟应了,听到父亲回来的声音后,她决定离开。

父女两人,到底在院里碰上了,李菊人又喝了酒。

李菊人对着李佩钟大骂那些洋人,又说八路军不会用人,都不知重用他这样的人才。在他嘴里,他应该成为司令员的座上宾,不能吃苦,还要配人、配马、配枪。

李佩钟失望地托个辞离开了他。回来的路上,她又经过高庆山和秋分睡觉的房子那里。从矮矮的院墙望进去,屋里还点着灯。听见脚步声,院里的一只小狗吠起来,秋分的影子,在明亮的窗纸上一

闪,把灯吹灭了。

（三）

李佩钟想去看看那些民工们睡下了没有。她奔着西关来,在街上又遇到了刚给高庆山送被子去的芒种,叫上他一起过去看看。

芒种高兴地答应了,这对他是一个愉快的差遣。

他们经过春儿住的那家小店,见灯还亮着,决定去看看春儿还在干吗。走进窗台,窗纸上人影儿分明,春儿和店家老大娘正对坐在炕头上说话。

老大娘很喜欢春儿,要认春儿做她的干女儿。老大娘还告诉春

儿,她年纪轻轻就守了寡,也没个亲人,她的丈夫就是当年修天主堂时被外国鬼子打死的,所以一听到春儿说抗日她就心生欢喜,想着要将外国人全部赶出中国的领土。

"就是有这个那一年!"老大娘用手一指,"修天主堂的那年,外国鬼子强占了咱那么大的一片庄基,还打死了你那干爹,又把我赶到这里来住,孩子,我有冤仇呀!"

老大娘呜呜地哭了起来,春儿劝解着,老大娘忍着泪说:

"要不你一提说是抗日,我就喜欢哩,你经的事儿还少,外国人可把咱中国欺侮坏了哩!"

李佩钟和芒种只听见老大娘哭泣,听不见春儿说话。这女孩子正在沉默着。她几岁上就死去了母亲,正当她需要人教导的时候,父亲又下了关东。最近一百年,在祖国的身上,究竟经过了多少次外人的侵辱,在平原农民的心里,究竟留下了多少悲惨的记忆,她知道得很少很少。这需要有一个经历多次灾难的母亲,每逢夜深人静,就守着一盏小油灯,对她慢慢讲解。可是春儿并没有这样的一个母亲。现在,她受到这一种教育了。这是神圣的民族教育,当它输入到春儿心灵里的时候,正和她那刚刚觉醒了的、争取解放争取自由的尊严的要求碰在一起。立时,一股拧搅在一起的强烈的力量,就在这个女孩子的心里形成了。一百年来,农民们几次在反抗外人侵略的时候,在保卫家乡的战争里流了血。这里的农民,是因为历次斗争失败,受了压抑,意志消沉,还是积累了斗争的经验,培植了反抗的热情?是失去了信心,还是蕴藏下了更大的力量?两种情形都存在吧,但是,共产党来教育了他们,长久埋藏在平原上反抗的火种燃烧起来了。

最后,春儿说:"干娘,所以说,我们要坚决抗日呀!我们的国家强盛起来就好了。"

"我也成天这么盼望,"老大娘说,"咱这里离圣姑庙不远,我每逢初一十五就去烧香磕头,求她保佑着咱们的军队打胜仗。刚才老道

姑对我说,圣姑这两天不大高兴哩!"

"她怎么不高兴?"春儿问。

"她给人们托梦,说八路军不该拆城,拆了她的宫墙,要犯罪哩!"老大娘说。

"干娘信不信呀?"春儿笑着问。

"我怎么不信?别的不信行,这圣姑的灵验,你可是不能不信呀!"老大娘把手合了起来。

李佩钟偷偷笑着,刚要推门进屋里去,忽然听见城墙边大榆树上的乌鸦飞腾了起来,在黑暗的天空里,盘旋惊叫。接着又有砖瓦从城门楼子上掉下来的声音,芒种抓起手电筒,李佩钟拦住说:"不要照!一照就惊走了。你轻轻爬上城墙去,看看是什么人!"

芒种掏出枪来去了,春儿听见声音跑了出来,拿上自己的小镐,也跟到城墙上去。

他们在城门楼上捉住了两个人,一个拿着铁铲挖洞,一个正往里埋炸药瓶。

春儿说:"这是汉奸来破坏我们!要不是看见得早,明天一拆城门楼,还不都把我们炸个粉碎!"

老大娘拽着一根柳木棍,也气喘喘地爬上来了,就近一看说:"我认得他们!这个是天主堂种菜园子的王二鬼,那个是圣姑庙的小道士,哎呀,我那老天,你怎么也跟着他们造孽呀!"

小道士哆嗦着说:"我不愿意来,是老道姑逼着我来的呀!"

李佩钟叫把他们押到县政府,派人报告给高庆山,连夜又逮捕了主使的罪犯。

(四)

第二天,决定召开一个大会:宣布破坏分子的罪状和对他们的处

罚,再向群众做一次动员,说明游击战争的道理。另外就是拆城的民工和驻防部队的联欢。

有人提议,把昨天晚上捉汉奸的故事,编成一个剧本,真人上台,在大会上表演。就叫政治部剧团的团长来负责组织这个工作。

这个团长爱好戏剧,在"七七事变"以前,曾经在北平参加过青年学生们组织的话剧团体。抗战以后,抱着青年文艺工作者无比的热情,参加了人民自卫军的政治宣传工作,亲自背着幕布行军,到处在街头上张贴招收演员的红纸布告,不久就成立起了个战斗性的话剧团。

这天早晨,这位团长接到通知后,立马拉着芒种去找到春儿和老大娘。春儿起初还不愿意,但在大娘和团长的劝说下终于还是开始了排练。紧锣密鼓地排练了一上午,晚上就在城隍庙的戏楼上演出了,全体民工和整个支队的战士都到了会场。团长在后台守着一碗油灯,在春儿的脸上特别是眼皮上,抹了很多的油彩,使她感到像贴上膏药一样疼痛和头晕。出台来,她演得很认真,一动真感情,很多地方就忘记了团长的导演,可是效果很好,观众看来顺劲,也很受感动。从这一回,春儿就学会了演唱,再登台讲话,也不会脸红。芒种死记着团长的话,在台上很拘束,连脚手也不知道往哪里放,演得最失败。总之,这次演出尽管还有很多缺点,却是把真人真事运用在艺术创作上的一个开头。

演完了戏,支队部的民运科长登台讲话,他说全体民工同志们很辛苦了,明天部队停止练兵,帮助大家拆一天城,叫妇女同志们休息休息。

春儿带着擦不干净的油彩,代表妇女民工讲话,她说谢谢部队同志们的帮助,我们还是希望武装同志抓紧时间练兵,这才是我们胜利的最可靠的保证。明天我们也不休息,我们要把战士同志们穿脏穿破的衣服,全部洗洗缝缝。

第九章

（一）

当拆城完工，民工们收拾家具要回去的时候，县里又开会欢送了他们，表扬了子午镇、五龙堂两个模范村镇。回来的时候，春儿还是拉着高四海的小车，一出西关，看见平原的地形完全变了，在她们拆城的这半月，另一队民工，把大道重新掘成了深深的沟渠。大车在沟里行走，连坐在车厢上的人，也露不出头来。只有那高高举起的鞭苗上飘着的红缨，像一队沿着大道飞行的红色蜻蜓一样，浮游前进。每隔半里，有一个出入的地方，在路上，赶大车的人不断地吆喝。

变平原为山地，这是平原的另一件历史性的工程。这工程首先证实了平原人民抗日的信心和力量，紧接着就又表现出他们进行战争的智慧和勇敢。它是平原人民战斗的整体中间的筋脉。

"我们只说拆城是开天辟地的工作，"高四海推着小车说，"看来人家这桩工程更是出奇！"

"人么，"春儿笑着说，"谁也是觉着自己完成的工作，最了不起！"

他们回到自己家里来。春儿把半月以来刮在炕上、窗台上、桌橱上的春天的尘土打扫干净，淘洗了小水缸，担满了新井水，把交给邻家大娘看管的鸡们叫到一块儿喂了喂，就躺到炕上睡着了，她有些累。

在甜蜜的睡梦中，春儿被老常喊醒了。老常火急火燎地告诉春儿田耀武带着蒋介石的人马回来了，还有张荫梧也回来了，叫她早些做准备。

"不怕,"春儿说,"有咱们的军队住在这里,他们掉不了猴儿!"

"不能大意。"老常说,"不怕一万,就怕万一。刚说城也拆了,路也破了,一铺心地打日本吧!你看半晌不夜的,又生出一个歪把子来,真他妈的!"跷起一只脚来,在鞋底儿上磕了烟灰,走了。

他心里有些别扭,从街上绕了回来,吃中午饭的时候,街上没有什么人,只有那个卖烟卷的老头儿,还在十字路口摆着摊儿,田耀武带来的那个护兵正在那里买烟。

那护兵与八路军做派完全不同,衣衫不整,行为浪荡,与卖烟的老头起了争执,甚至掏出枪想威胁那老头。老常冲上去打算解围,正好这时两个八路军路过,制止了那个护兵的动作。

老常回到家里,看见田大瞎子,像惊蛰以后出土的蚰蜒一样,昂着头儿站在二门口,看见老常就喊叫:"到城里游逛了半个多月,还没有浪荡够?猪圈也该起了,牲口圈也该打扫打扫了!中央军就要过来,我们也得碾下点儿小米预备着,下午给我套大碾!"

老常没有搭言。

这天,高庆山与高翔来到田大瞎子家谈判。谈判就在田大瞎子家的客厅里进行,张荫梧的代表田耀武,人民自卫军的代表高翔和高庆山,还有一个记录,四个人围着一张方桌坐下来。

田耀武一如既往地打着官腔,被高庆山打断,让他说明一下他们的抗日方针,可是田耀武假大空地说了一堆废话,记录员拿着纸和笔,看着田耀武上下翻动的嘴唇,表情十分迷惑。最后是高翔打断了他的浮词滥调。

"我们还是愿意知道你们北来的目的。"高翔说。

"无非是一句老话,收复失地!"田耀武笑着说。

"收复失地!"高翔像细心检验着货色的真假一样,咬嚼着这四个字说,"虽说按照毛泽东同志的战略指示,目前还不是收复失地的

时机,它究竟是一个光荣的口号。我们对于贵军的抗日决心,表示钦佩,当尽力协助,但愿不要在堂皇的字眼下面,进行不利于团结抗日的勾当!"

"这话我就不明白了。"田耀武故作吃惊地说。

"我想你是比我们更明白的,根据确实的报告,贵军并没有到前方去抗日的表现,你们从我们开辟的道路过来,驻扎在我们的背后,破坏人民抗日的组织,消磨人民抗日的热情,你们应该知道,这对于我们是怎样重大的损失,这是十分不重信义的行为!"

"这是误会,我得向你解释一下,"田耀武说,"为什么我们驻在你们的后面?这是因为我们刚刚从大后方来,对日作战还没有经验,在你们的背后,休息一个时期,也是向老大哥学习的意思呀!"

"你们的武器装备比我们好到十倍,带来的军用物资也很多,这都是我们十分缺乏的。"高翔说,"我们希望,贵军能把这些力量用到对日作战上。因为,虽然你们在这一方面确实缺乏经验,但在另一方面,你们的经验是非常丰富的。"

"客气,客气,你指的是哪一方面?"田耀武傻着眼问。

"就是内战和摩擦!"高翔说,"我们热诚地希望,你们高喊的收复失地四个字,不只包括这一方面的内容!"

"绝不会那样,"田耀武把脖子一缩,红着脸说,"绝不会那样。"

"为贵军的信誉着想,也不能一绝再绝于人民!"高翔说。

田耀武抓耳挠腮,他觉得自己非常被动,有一件重大的使命,还没得机会进行。他看见高翔和高庆山也沉默起来,就用全身的力量振作一下,奸笑着说:"我忘记传达委员长的一个极端重要的指示。委员长很是注重人才,据兄弟看,两位的才能,一定能得到委员长的赏识。兄弟知道两位的生活都是很苦的,如果能转到中央系统,我想在品级和待遇这两方面,都不成问题。"

"虽然我们很了解你,"半天没有说话的高庆山说,"好像你还不

很了解我们。如果你事先打听一下我们的历史，你就不会提出这样可笑的问题了。"

（二）

晚上，田耀武不得已和田大瞎子夫妻挤在一个屋里。几人小声谈论起了此行的目的，原来田耀武他们此时过来并不是为了抗日，而是为了牵制住共产党。田耀武希望能找到一个突破口，田大瞎子就向他提到了高疤。除了高疤外，田大瞎子还提到了保定府的一位白先生，在日本人手里做事，来找过田耀武。之后，几人慢慢地都睡着了。

第二天，是子午镇大集。田耀武带着护兵在街上来回转悠了两趟。他逃走的时候曾经提高人们的恐日情绪，现在凭空回来，又引起街面上不少的惊慌和猜疑。在一辆眼熟的肉车子旁边，田耀武遇见了俗儿。

田耀武叫肉摊主将俗儿割肉的账记他头上，俗儿也没客气，割了一块肉，邀请田耀武晚上去她家喝酒吃饺子。

犹豫半天，趁着天黑没人儿的时候，田耀武到了俗儿家里。原来住在俗儿家的一班八路军，因为俗儿有事没事，也不管黑间白日的到屋里招搭，班长生了气，前几天搬到别人家去了。

田耀武走进屋，俗儿已经备好酒菜等着他了。老蒋安排好碗筷后就打横坐在炕沿下面，田耀武和俗儿对面坐在炕上，一面喝酒吃饺子，一面聊着天。田耀武说自己现在是一个专员。老蒋按捺不住问了："是专员大？还是团长大？"

田耀武正要答话，有人一撩门帘进来，正是高疤！

"呀！"俗儿叫了一声，"你什么时候学得这么偷偷摸摸的，进门连点儿响动也没有！"

高疤一见田耀武，就抓起枪来，大喊着说："我说这么晚了，还开

着大门子,屋里明灯火仗,原来有你这个窝囊废,滚下来!"

田耀武把头一低,钻到炕桌底下去了,桌子上下震动着,酒盅儿、菜盘子乱响,饺子汤流了一炕,俗儿一手按着炕桌,一手抓手巾擦炕单子上的汤水,一只脚使劲蹬着田耀武的脑袋说:"你还是个专员哩,一见阵势儿,就吓成这个样子。快给我出来!"一边笑着对高疤说:"你白在八路军里学习了,还是这么风火性儿,人家是鹿主席的代表,这一带的专员,来和咱们联络的,交兵打仗,还不斩来使呢,你就这么不懂个礼法儿!"

"哪里联络不了,到他妈的炕上联络!"高疤把手里的盒子在炕桌上一拍,把碟子碗震了二尺多高,饺子像受惊的蝴蝶一样满世界乱飞。

"是你不在家呀!"俗儿说,"人家是专来找你的,人家是张总指挥的代表!"

"谁的裤裆破了,露出个张总指挥来!"高疤说着坐在炕沿上,把炕桌一掀,抓起田耀武来。

有半天的工夫,田耀武才安定下魂儿来。高疤说:"你们过来了有多少人?"

"人倒不多,"田耀武说,"钱带得不少!"

"像我这样的,到你们那里,能弄个什么职位?"高疤问。

"兄弟能保举上校,"田耀武说,"可得把人马枪支全带过去。"

"你做梦吧!"高疤说,"八路军的组织,容你携带着人马枪支逃跑投敌!"

"这要看机会,"田耀武说,"在情况紧张的时候,在日本人进攻的时候!"

"和日本勾手打自己的人,你们是中央军,还是汉奸队?"高疤说。

"这叫曲线救国!"田耀武说,"委员长的指示。"

"你为什么不去找别人,单单来找我?"高疤笑着说,"是特别瞧得起我高疤吗?"

"是呀！"田耀武也敢笑了，"就听说高团长是个人才！"

他接着进行起游说工作来。

（三）

鹿钟麟要到这县里来视察，直接给深泽县政府下了公文，李佩钟向高庆山请示怎么办，高庆山说："召开群众大会欢迎。"

会场在县政府前面的跑马场上。宣传队在县政府的影壁上用艺术体写好"欢迎鹿主席抗战到底"的标语，每个字有半人高。因为拆除了城墙，这一排大字，离城南八里地都可以看得清清楚楚。

由高翔主持大会，这天早晨，下起蒙蒙的细雨来，城关和四乡的男女自卫队都来了，高翔和他们一同在雨中等候着。

鹿钟麟一直没来，直等到晌午已过，才望见了一队人马。

那真像一位将军。鹿钟麟到了会场上，由四五个随从搀扶下马来，他坐在台上，吸的香烟和喝的水，都是马背上驮来的。休息老半天，才慢慢走到台边上讲了几句话，有四个秘书坐在他后边记录着。

因为态度过于庄严，声音又特别小，他讲的话，群众一句也没听懂。群众被那些奇奇怪怪的事物吸引着，从十八里地以外跟来看热闹的老蒋挤到他女儿的身边，小声问："俗儿，讲话的那是谁呀？"

"鹿主席！"俗儿小声答应。

"他讲的什么？"老蒋说，"怎么我一句也听不懂呀？"

"人家是个大官儿，"俗儿说，"要叫你也能听懂，还有什么值重？"

"对。"老蒋点头儿，"就得是这样。不能像高翔他们一样，蚂蚱打嚏喷，满嘴的庄稼气，讲起话来，像数白花菜一样。喂，你说人家刚才喝的那是什么水呀，怎么老远里看着黄澄澄的！"

"花露水。"俗儿说，"你看那瓶瓶儿多好看，拿回家去点灯多好呀！"

鹿钟麟讲完，是张荫梧讲。这个总指挥，用一路太极拳的姿势，走到台边上。他一张嘴,就用唱二花脸的口音,教训起老百姓来,手指着县政府的影壁墙说:"谁出的主意?带那么个尾巴干什么?添那么些个扯鸡巴带蛋的零碎儿有什么用?"

"什么尾巴?"台下的群众问。

"那个标语!"张荫梧大声喊叫,"欢迎鹿主席——这就够了,这就是一句完整的话。干什么还加上个'抗战到底'四个字!"

"你们不抗战到底呀?"群众在台下说,"你们没打算长住呀?喝完那带来的瓶瓶里的水,你们就往回走吗?"

"混账!"张荫梧喊,"在我面前,没你们讲话的权利!"

"你八个混账!"群众也喊叫起来,"我们认识你!"

"把'抗战到底'四个字儿给我擦掉!"张荫梧拧着粗红的脖子退到后边去。

高翔到台边上来,他说:"我们不能擦掉这四个字。这是四个顶要紧的字,假如你们不是来抗战,或者是抗战不到底,我们这些老百姓,就不要淋着雨赶来欢迎你们了!"

"对呀!"台下的群众一齐鼓掌叫好。

"我们欢迎你们抗战,抗战是光荣体面的事情。"高翔说,"虽然在去年七月间,你们一听到日本的炮声就逃走了,我们还是欢迎你们回来,我们还是希望你们抗战到底!"

"报告主席,我讲几句话!"在群众中间,有一个女孩子举起手来,高翔和台下的群众,一齐鼓掌欢迎她。

她把头上的一顶破草帽,推到脊背上去。细小的雨点落在她乌黑的头发上,又滴落到她的肩上。淋湿的小夹袄紧贴着她的身体,站在台前,她把胸脯挺得很高。她说:"我是子午镇的人,我叫春儿。我是一个没依没靠的穷孩子,现在是我们村里妇女自卫队的指导员。我愿意在今天这个会上讲几句话。"

女孩子的热烈真诚的声音,使台下上万人的会场安静下来,人们可以听见，春天的雨点落在树枝草叶上的声音。

"这才过了半年多。"春儿说，"什么事情我们也记得。在去年秋季大水漂天的时候，听见日本人的炮响，官面和军队，有钱和有势力的人都往南逃跑了。这些人，平常日子欺压我们，临走拐带着枪支和钱粮。我们有什么办法？我们当时都说：等死吧。可是天无绝人之路，中国不会亡国，八路军过来了，这是共产党领导的队伍。八路军来了，给我们宣传讲解，我的心才安定下来，才觉得眼前有了活路。坚决抗日！我们老百姓动员起来，武装起来，我们成立了农救会、妇救会，我们站岗放哨，破路拆城，我们学习认字，我们实行民主。从这个时候起，我就想：我们将来有好日子过。我们把日本鬼子赶走了，也不叫那些混账东西们再来压迫我们！打倒日本帝国主义！打倒汉奸投降派！"

群众随着她高举的小拳头呼喊，她从台上跳下来，腰里的手榴弹碰得小洋铁碗叮当乱响，跑到她村的队伍里去。

接着由高庆山指挥，在跑马场里，举行了全县男女自卫队的会操和政治测验。高翔请鹿钟麟和张荫梧参加检阅，虽然一切成绩都很好，这两位官长，像土地庙门口的两座泥胎，站立在台上，却满脸的不高兴。

"半年以来，群众在武装上，在思想上，都进步很快。"高翔说，"这是我们国家，战胜日本帝国主义的强有力的保证！"

两位官长没有说话。

"张先生在事变以前，不是也训练过民团吗？"高翔又问张荫梧，"那时的情形和眼下不同吧？"

"不同。"张荫梧说。他招呼了鹿钟麟一声，就命令手下人把马匹拉过来，气夯夯地跳上马去走了。

"不远送！"群众说笑着，继续进行检阅和测验，春儿带来的自卫队，表演得顶出色。

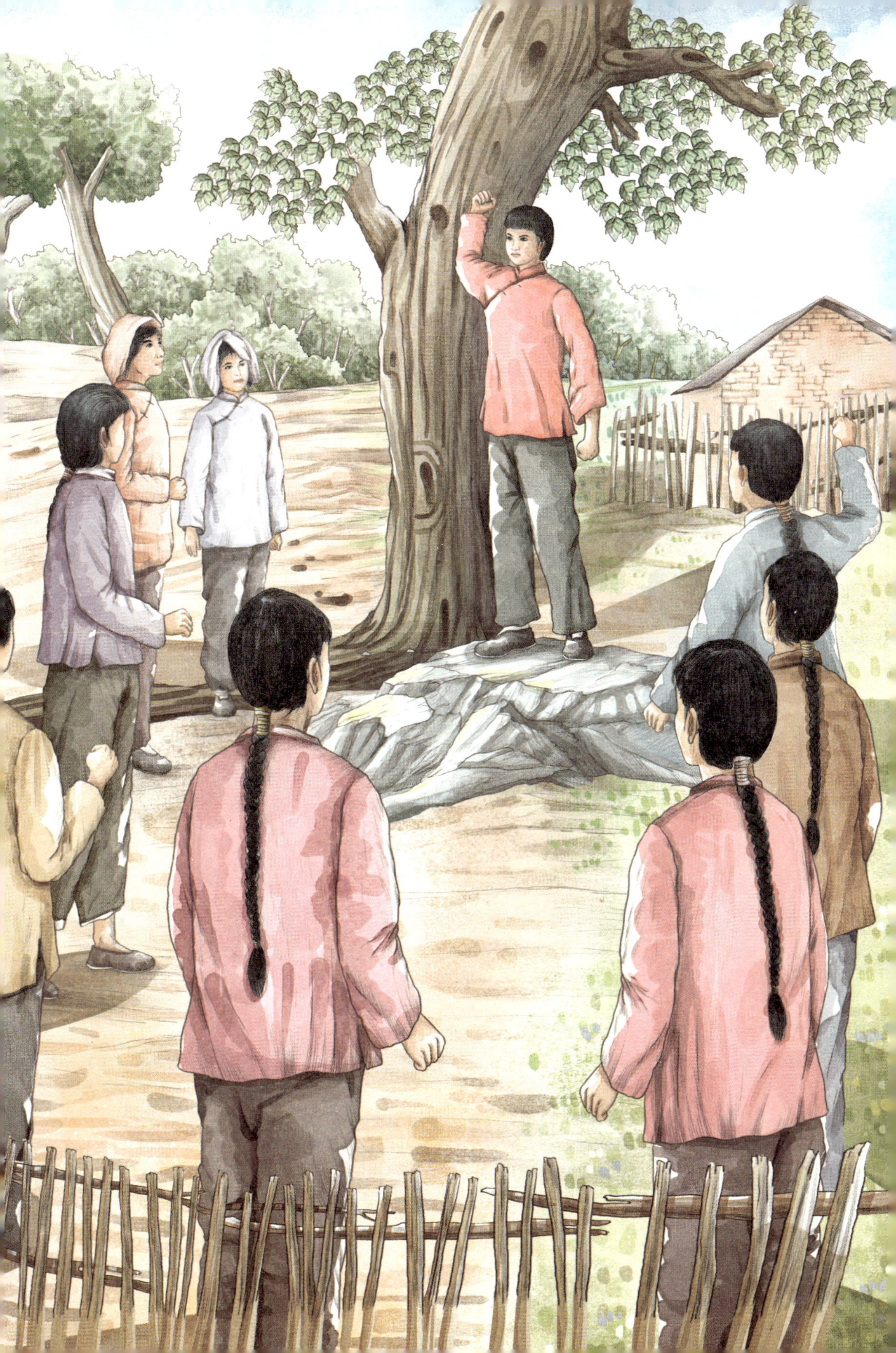

检阅完了，人们要回去的时候，李佩钟跑过来，叫住了春儿。

李佩钟拿出一封信给春儿，叫春儿把这封信交给田耀武，并告诉她这是一封离婚通知。年纪尚轻的春儿不知道该说些什么，只好匆匆走了，李佩钟送她到西关来。

在西关分别的时候，春儿觉得应该安慰安慰女县长，她腼腆地说："李同志，这以后你就好了！"

说完，她就转身跑到堤坡下面去，遍地是长高的麦子，春儿跑在小道上，像在大海里浮游。白色的云朵掩过太阳，金黄色的跳跃的阳光，从天边那里一直铺到她的身上来。她周围的小麦，乱摇摆着身子。

李佩钟站在高坡上望着她。在年龄上，两个人只差七八岁，应该庆幸，从今以后，不会再有种种苦痛，沾染一个女孩子的心了。

第十章

（一）

春儿回到家里，这一晚上睡得很不踏实，白天检阅民兵的场面，还在眼前转，耳朵里不断喊口令的声音。她感到屋子里有些闷热，盛不下她，她不知道，是一种要求战斗的情绪，冲激着她的血液，在年轻的身体里流转。

她听见街上有狗叫，有马蹄的声音，有队伍集合的号令。她坐了起来。

有人拍打门。她穿上衣服出来，从篱笆缝儿里看见芒种拉着一匹马，马用前蹄急躁地踏着地面。

她赶紧开开门，问："黑更半夜，什么事？"

"司令部要转移了，"芒种说，"明天早晨这里就有战斗！"

"我们哩？"春儿说，"我们妇女自卫队怎么配合？"

"部队已经和地方上开过会，区上会来领导你们，你早一点准备一下吧，我要回城里去了。"

"你快去吧！"春儿说，"明天，我们战场上见吧！"

芒种跳上马走了，队伍从村子的各个街口上开出来，像一条条黑色的线，到村西大场院里去集合。

队伍的前边都有一个老乡带路，农民们像打早起、走夜道一样，轻轻咳嗽着，又要摸出火镰来抽烟，叫战士们小声止住了。

"对！"农民把烟袋又掖在腰里，"那兔崽子们有千里眼！"

听见响动，老百姓都起来了，大人一穿衣服，小孩子也跟着爬起来。家里住着队伍的，男女老少都送到村外来。一路上，话语不断。

一直送到场院里，站好了队形，大伯还不断猫着腰跑过去，和战士们小声说话儿，说两句就赶紧退回来。大娘也赶了来，着急巴拉地在一个战士手里塞上了一个热乎乎的大鸡蛋。

"拿着吧！"大娘喘着气儿说，"光着急，怕你们走了，也不知道煮熟了没有，你们趁热儿快吃了吧！"

队伍前面，民运科长正说损失了老乡的什么东西，要折价赔偿的事。一个战士说："大娘，我们不是给你打了一个小玻璃盆儿吗？我去领钱！"

"快别寒碜！"大娘小声说，"就当你小兄弟打了。"

"老乡们，肃静一些吧，"作战科长讲话了，"过去，我们转移的时候，总是不言一声就走了，使得老乡们惊惶，并且对我们不满。现在我把今天的情况简单分析一下，叫老乡们有个准备。敌人从保定、河间出动，沧石线上也增加了一些兵力。主要的是保定出来的这一股，已经侵占了我们的博野、蠡县、安国三座县城，有向沙河以南地区侵犯的企图。现在沙河和滹沱河里都没有水。我们一定能打退敌人的进犯，可是开头一两天，我们得先和他绕绕圈子，比比脚步！老乡们应该听区上和自卫队的指挥。坚壁东西呀，转移呀，帮助军队打仗呀，地方上都有布置。老乡们，我们再见吧，过几天，我们一同庆贺胜利吧！"

队伍分成两路出发了，全村的老百姓，站在堤坡上，直到最后的一个战士也隐没不见，才回到家去，做战斗的准备。

春儿回到家里，往灯盏里添了些油，小灯立时亮了。她开开小柜，把几件衣服和一匹没织完的布包起来，藏在挖好的一个洞里。把纺车埋在柴草堆里，把粮食装好，背到野外麦地里藏了。看看屋里没有什么要紧的东西，才松了一口气，坐在炕上，她守着灯，整理好她的枪

支手榴弹,把干粮装在背包里,披挂好就去集合她的人了。

高庆山的支队,奉命从县城开到五龙堂一带村庄驻扎,他接受了战斗的任务。

指挥部就设在他家那有战斗历史的小屋里,他的父亲和女人都到街里工作去了。在小屋里,他召集区委同志们开了一个会。区委同志们的意见,希望高支队能在这里打一个硬仗,长长抗日的威风。他们说,这样一来,地方上的工作就更好做了。

高庆山说明:目前的形势,还是敌强我弱。我们只能选择有利的时机,打击敌人,在战争的锻炼里,壮大自己的力量。用逐渐的由小到大的胜利,来保持和发扬军民的战斗情绪。他说,"拿句地方上的土话做比方,我们的战略是:'老虎捡蚂蚱墩儿,碎拾掇'!"

（二）

区委连夜召集附近几个村庄的支部书记和武委会主任开会,布置了配合军队作战的任务。高四海担任了侦察组的组长,组员里面有一个女的,就是春儿。

"你要我去干什么呀？"从会场出来,春儿问高四海,"给你们添累赘吗？"

"快到家里打扮一下,我们一块儿去出探,"高四海笑着说,"我知道你是个顶灵通的孩子！"

一老一少,在堤坡小屋里打扮好出来,天刚发亮,高四海背着大柴草筐,破夹袄,系着白搭包。春儿举着红缨大鞭,赶着姐姐家那一群山羊。她的腰里,挂着一个用破布袋片缝成的兜囊,盛着两颗手榴弹和几块硬干粮。

他们估计敌人可能从县城这个方向来,就奔着崔家老坟去。春儿赶着羊在道沟里,老头儿走在道坡沿上,四下里瞭哨着。

这是一片大坟地。临道边，有两个老虎样儿的石兽，半截身子埋进土里，嘴上涂满车油泥。有几匹石马也陷在泥土里，山羊们跳到它们的脊背上去玩耍，山羊们离开山地和石头，已经快到一年了。

坟地里，密密的芦草有半人高，一排排高大的杨树，没有风，也在哗哗地响。有两只秃尾巴老鹰，立在坟头上，看着人走近了，才慢慢地飞起来。

春儿摇动着大鞭，把羊们赶到芦草深处去。

高四海把草筐放在道沿上，割起芦草来，不断直起身子，瞭望通城里的路。

春儿有些着急，一有风吹草动，她就侧着耳朵听。她听见咚咚的响声，在她身边的一棵大杨树上，有一只啄木鸟儿，展开花丽的翅膀。春儿脱了鞋，光着脚爬到树上去，坐在树杈上瞭望，把手榴弹掏出来，插在啄木鸟的窝洞口上。

"有人来了！"她小声对高四海说，把身子紧贴着树干。

来人是一个骑着自行车的汉奸，他本想套高四海和春儿的话，却被高四海绕了进去，还被抢了枪。高四海将汉奸控制住，逼问出敌人的信息。那汉奸告诉他们敌人已经到了新营，有两辆车，二十匹马队，现在应该已经过了河。

高四海听完，就叫春儿在这继续放哨顺便看着这个汉奸，自己骑上自行车，沿着沟道歪歪扭扭地走了。

春儿一个人望着通城里的大路。她想：如果没有敌人，这时候大道上就会有送粪拉土的车辆，有吆喝牲口的声音，有接连的鞭子的响动，有小孩子们去砍草放羊。这样好的天气，也许有妇女们打扮好了，到近处去赶庙会，有男人们带着本钱和行李外出去经营。他们的妻子，一直送到大路边。在这条大路上，经常有热闹红火的迎亲的花轿和鼓乐，那些老年的乐手们，永远在吹奏着轻快和振奋的调子。

她想：假如叫敌人占据了我们的国家，我们就什么也没有了。

春儿揭开手榴弹的盖儿,她看见了日本人的汽车。这孩子头一次看见这种奇怪的车辆,它装载着敌人,凶恶地践踏着家乡的土地。

汽车在道沟旁边的正在扬花的麦地里走,密密的小麦,扑倒了,在汽车后面留下了一条长长的委屈痛苦的痕迹。

女孩子震动了一下,她用力咬着嘴唇,一只手紧紧搂着树干,敌人的车辆马匹,像是在她的胸膛上轧过来了!

高四海回来了。

"大伯!"她招呼高四海,"日本人过来了,我们怎么办?"

"不要慌!"高四海把车子草筐藏好,把手枪掖在裤腰带上,脱下鞋来。这老人上树,赛过一匹猿猴,他两只手攀着光滑的大叶杨树身,弓着身子,像走路一样。

"就是送信也来不及了,"春儿着急地说,"我们扔个手榴弹,叫村里知道吧!"

"等我数一数,"高四海一手扳着树枝,探出身子去望着,他说,"敌人数目并不大,不要惊动他!"

"进村烧了房怎么办?"春儿说。

"军队早有准备。这像一个荷包,等它钻进去,我们再收口儿吧!"高四海小声说。

敌人的汽车从坟前面过去,两旁有几十匹马队。他们浑身是土,满脸是汗,他们侵略别人的国家,一步步是走的下到地狱去的道路。高四海和春儿把身子隐在枝叶里。等敌人走到河滩中间的时候,高四海向空中放了三声枪。

那是一段大空地。敌人在阳光照射的白茫茫的沙滩上,像晾在干岸上的鱼。我们的部队在四处的道沟里飞快地运动着。这只是一小股侦察性质的敌人,高庆山命令直属的一个营在很短的时间把他们消灭在河滩里。

战场就在五龙堂村庄的边沿,作战的又都是农民的子弟,五龙堂

的老百姓,全围在堤坡后面助威来了。战士从他们身边跑过,老年人小声地鼓励和嘱咐他们。

秋分领导的妇女炊事组,对面站在堤坡里面,一排人捧着烙饼裹鸡蛋,一排人提着开水壶,像戏台上的执事一样。战士们顾不得吃东西,她们只能等候亲人们作战回来。

必须占领那片高高的丘陵起伏的柳坡子地。

芒种的通讯班,抱着一挺轻机枪,跑过一段沙滩,完成了这个任务。

河滩里的敌人四处乱窜起来,一辆汽车打翻了,另一辆汽车想突围,回到崔家老坟来。春儿在树上看得准准的,扔下了两颗手榴弹,在车厢里炸开了。

全村群众跑出来,帮助打扫了战场,军队进村吃了些东西,就向北方转移了。

(三)

但是,北边的敌情,发生了变化。高疤因心中不忿,没有听从组织的指挥,擅自行动,导致目标暴露。

高庆山接到报告,研究了全部情况。他带领部队,采取极为隐蔽的形式,迅速地转移到了敌人的侧面。派一营兵力,去切断敌人。

芒种和他那一个班,又参加了战斗。他刚刚经历了一次指挥得好的战斗,取得了胜利,光荣和功绩还在鼓舞着他。在路上,他见到那些满脸泥汗,饱受惊慌的妇女孩子们,一种战士的责任感,强烈地冲激着他的心。

他带领一班人,在大洼里准备好,顺道沟翻过大堤。他们的任务是,经过一带菜园,冲进一个坟丛,沿着潴龙河岸,占领石佛镇南街口那座大石桥。现在,园地里的春大麦长得很好,但是也还不能完全隐蔽跃身前进的战士。包围村庄的敌人,正要在桥头会合,遇到芒种他

们的袭击,慌乱了一阵。利用这个时机,芒种弯着身子跑到一架水车后面,然后冲到了那个坟丛里面。

他们紧紧趴在地上,心跳得很厉害,感觉身子下面的大地也在震动。家乡的土地!是你在万分危急、生死存亡的时候,默默地鼓动着你的儿女!当你受到侵辱的时候,你有权利召唤你那最勇敢的儿子前进!

他们跃身抢到河边。然后,一齐把手榴弹投向敌人,占据了石桥,切断了敌人。但是芒种受了伤。

黄昏,炮火笼罩着平原。所有的村庄,都为战争激动着。青年和壮年,都在忙着向导、担架和运输。沿大路的村庄,建立了交通站。夜晚,有一盏隐蔽起来的小红灯挂在街里。受伤的战士们,一躺在担架上,就像回到了家。在路上,抬担架的人宁可碰破自己的脚,也不肯震动伤员,又随时掩盖好被头,不让深夜的露水洒落在伤员的身上。

妇女们分班站在街口上,把担架接过来,抬到站上去。那里有人把烧开的水和煮熟的鸡蛋,送到战士的嘴边。

一路上,不知经过多少村庄,战士们听到的是一种声音。当他们被轻轻的声音唤醒,抬起身子,接受一个打开的生鸡蛋,或是一筷头缠搅着的挂面的时候,他们看见的是姐妹和母亲的容颜。

芒种的腿上受了伤,高庆山把他交给高四海带领的担架队,抬到子午镇春儿家里来休养。

春儿背着两支大枪,跟在担架后面,太阳下山了,地里有一阵阵的风声。她为亲人的受伤担忧,心里又十分兴奋。

她跑到前面去,把屋子打扫了一下,铺好厚厚的被褥。把芒种安排着睡下,把人们送走,她就去请医生了。

子午镇有一个姓沈的西医,是个外路人,和这里的一个女孩子结了婚,便在这边开了一个小药铺。虽然医术不高,但是为人热忱,大家都愿意叫上他。听到是军队的伤员,沈医生的妻子立马叫他收拾

东西赶过去了。

医生看了一下芒种的伤口，给洗了洗污血，涂了些药，春儿把坚壁的新布取出来，扯下一条缠好了。

春儿送回医生，顺便约好医生的丈母娘来作伴儿。这位大娘，今年五十岁了。她的丈夫和春儿的爹一年下的关东。她好和人家作伴儿，能全心全意地帮助有困难的人家。

"你跑腾了一天，也睡吧！"大娘上炕对春儿说，"上半夜我来支应着！"

春儿把灯盏移到窗台上，打横儿躺在大娘的身后边。她用力闭着眼睛，一直睡不着，翻了几个身说："大娘，咱娘儿俩调换调换吧，我侍候上半夜！"

"不用调换，"大娘说，"别看我老了，精神大着哩，三宿几夜的不合眼，我也不觉困，你睡吧！小人儿家，失了觉可不行哩。"

"我睡不着。"春儿说着坐了起来。

"你睡不着,咱娘儿俩就说说闲话儿吧。"大娘说。

"那不吵得他慌呀?"春儿指一指芒种,"干熬着两个人干什么,大娘你就先睡会儿吧!"

"那我就睡会儿,"大娘说,"你什么时候困了,什么时候再叫醒我。"

大娘靠着墙,把眼一闭,就轻轻打起呼噜儿来,睡着了。

"不知道队伍宿营,找到房子了没有?"芒种翻过身来说。

"睡醒了呀,"春儿笑着说,"还是说梦话?"

"睡醒了。"芒种说。

"大娘睡着了,"春儿说,"可老是说梦话。"

"大娘是个苦命的人,"芒种说,"她家那个大伯,小的时候,和我一样,给人家当小做活的,后来逼得下了关东!比起老一辈儿的人们来,我们是赶上好年月了。"

"俺爹也是在关东呀,"春儿说,"你不要忘了他。"

"我怎么会忘了他哩,"芒种说,"我要好好打仗,一直打到山海关外去,把那里的人民也解放出来,把咱这一带因为穷苦,因为地主豪绅剥削逼迫,失家没业,东流西散的人们全接回来!给他们地种,给他们房子住!"

(四)

高疤不按照命令作战,部队受了很大损失,敌人退走以后,高庆山在石佛镇一家盐店的大院子里,召集支队的干部开会,检讨了这次战役,强调说明在目前形势下的游击战争原则,严厉地批评了高疤。

高疤受到了批评,还被要求去到路西学习,一时气闷,便决定出来散散心。他来到石佛镇的街上,却哪哪都不顺。他感到烦躁,拐到河南岸一家小澡堂里去了,高疤在这里遇到了在田大瞎子家见过的

89

白先生。白先生十分擅长蛊惑人心,加上高疤本就心浮气躁,三言两语之下高疤就动摇了。

在姓白的家里,高疤换上一套便衣,在灯光下面,对着镜子一照,恢复了他一年前的模样。他脸上的疤一红,叹口气说:"干了一年,原封没动,还是我高疤!"

姓白的站在一边说:"走吧,到那边你就阔起来了!"

由姓白的领着,他俩翻过石佛镇大堤跑了出来,没有遇到岗哨。

两个人讲究着到了子午镇村边,由高疤引路,避开自卫队的岗哨,把姓白的送到田大瞎子家门口,他回到俗儿这里来。

田耀武也刚偷偷地回到家里。他的母亲正把李佩钟通知离婚的信,交给他看。恰巧这时,那位白先生也刚到了。白先生让他们想办法造共产党的谣言,击溃人们对他们的信任。

"反对共产党,造八路军的谣言,实在不是一件容易的事。"田大瞎子说,"我研究了一年多,也想不起什么高招儿来。现在不像从前,那时候共产党不公开,红军离咱这有十万八千里,你编排他什么也行。眼下共产党就在村里,八路军就住在各家的炕上,你说他杀人没人信,说他放火看不见烟。村里穷人多,穷人和共产党是水和鱼,分解不开。像我们这样的户,在镇上也不过七八家,就在这七八家里,有很多子弟参加了抗日工作,他们的家属也就跟着变了主张,现在人们的政治又高,你一张嘴,他就先品出你的味儿来了,有话难讲。"

"田大先生的分析,自然有道理。"姓白的说,"可是我们也不能在困难面前认输,群众也有反对他们的时候,妇女出操、碰球开会,演戏扭秧歌,男女混杂,那些当公婆的就不赞成,当丈夫的也有反对的,我们就要看准这些空子,散放谣言,扩张群众对他们的反感。再如征粮的时候,做军鞋的时候,扩兵的时候,都要看机会进行破坏。"

"白先生很有经验,"田耀武介绍说,"他在东三省破坏过抗日联军的工作。"

"常言说,没缝还要下蛆呢,"姓白的说,"有缝你再不下,简直连个苍蝇也不如。干部也好打击,男的积极,你就说他强迫命令,女的积极,你就说她有男女关系,无事生非,捕风捉影,混乱黑白,见水就给他搅成泥汤儿!"

"我看那个叫春儿的,就是个好对象,"田大瞎子说,"咱们那小做活的芒种,是她鼓动着参加了八路军,那天作战受伤,现在她家里养着。我看这就是个好题目,一敲两响,既破坏了八路的名声,又打击了村里的干部!"

"这些事儿,"田耀武的母亲说,"我不好出头,得去找俗儿。"

"就去找她。"姓白的说,"她丈夫成了我们的人,她自然也得是我们的了!"

(五)

医生又来给芒种换药,芒种的伤已经大见轻了。

换完药,芒种告诉春儿,要她多做一些妇女工作,让她们眼界放大,心地开扩起来,而开展妇女工作,要从两方面入手。

"哪两方面呢?"春儿问。

"一方面是组织她们参加政治和文化的学习,使她们知道抗日战争的道理,我们为什么作战,斗争的结果是怎样。一方面组织她们参加生产。"

"我们这些妇女里,没有二流子,"春儿说,"天天早晨纺,夜里织,看孩子做饭,推碾子捣磨,喂猪喂狗,照顾丈夫公婆。你看,哪一个不是累得头不梳,脚不洗,跟头趔趄,喘不过气儿来?"

"还要组织她们学习种地,"芒种说,"她的男人参军去了,就不再牵挂家里的吃食,地里的庄稼!"

"是你们爱牵挂。"春儿说,"只剩下妇女,我们也不能叫田地荒了!"

"这要做很多工作,"芒种说,"不是你一个人在这屋里保证,就算成功了。要说没有二流子,那更是睁着眼说瞎话。俗儿是一个什么人?"

春儿出来打算去抱些柴火,突然从柴火堆掉下来一个包袱,春儿打开一看,是一个刚出生没多久的孩子。刚好这时老大娘过来了,她说这个孩子怕是谁给春儿安的脏,用来诬陷春儿与芒种的。大娘要把那个孩子给扔了,春儿不同意,芒种也不同意。大娘无可奈何,只好说把这个孩子带回她家。

大娘刚从春儿家出来,转角就遇到了俗儿。俗儿狗嘴里吐不出象牙,当着大娘的面对春儿好一阵编排。大娘是个热脸皮的人,说不过她,只好返回来,把遇见俗儿的事跟春儿说了,就怕俗儿出去乱说,坏了春儿的名声。

"不怕她嚷,"春儿说,"我们要调查这件事。"说完就到街上去了。

俗儿像一个屎壳郎,带着臭气一路嗡嗡着,她的谣言已经发生了影响。有几个妇女围在临街的碾棚门口说话儿,一见春儿过来,就散开进去了,故意拿大腔吆喝拉碾的牲口。春儿走过去,她们又从门口探出身子来。

春儿不理她们,走到医生家里来。医生出去看病了,他的小媳妇在家。

小媳妇打量了一阵春儿,给她讲了村里的传言。春儿直指要害,孩子刚生出来没多久,而她前两天还在上蹿下跳侦察敌情,怎么也不可能是她的嘛!还劝小媳妇别人云亦云,小媳妇点头表示受教了。

说完春儿的事之后,两人开始说正事了——动员沈医生参加八路军。沈医生的医术正是八路军目前所缺少的,而想要参军,家里人的支持也十分重要。春儿动之以情,晓之以理,最后说动了小媳妇,她同意沈医生参军了。

从医生家出来,春儿准备好词儿到识字班去。这一天,妇女们到的很少,来了几个,也不愿意进讲堂,在门口推打吵闹。从来没到过

的田大瞎子的老婆,和轻易不来的俗儿,却肩并肩地占据了前边的座儿。

春儿走到讲台上,说:"今天,我来讲一段儿。是和咱们妇女顶有关系的、结婚生小孩子的事儿。"

站在门口的人们一听,都挤进来了,有的笑得捂着嘴,有的用两只手把眼睛也盖起来。

春儿说:"我们常说,托生女人,是上一辈子的罪孽,这自然是迷信话。女人的一辈子,也真是痛苦得不能说。儿女是娘肚子里的一块肉,掏屎擦尿,躲干就湿,恨不得孩子长大成人。当娘的没有不疼孩子的。"

屋子里的人满了,还有很多人挤在窗台外面,推开窗户,伸进脑袋来。

春儿说:"今天我在柴火垛里拾了一个小孩。我心疼那孩子,也心疼那当娘的。为什么要扔孩子呢?也许是家里生活困难,儿女又多,养活不起。也许是因为婚姻不自主,和别人好了,偷偷生了孩儿。生活困难,现在政府可以帮助,婚姻不自由,妇救会可以解决。到了这个时候,为什么还按老理儿,忍心扔掉自己的孩子?那当娘的,在家里不知道怎么难过,伤心啼哭呢!"

在讲堂的一个角落里,有一个女人哭起来,她先是用手掩着嘴,后来一仰脖子,大声号叫起来。春儿跑过去,看见是一个寡妇,她的脸焦黄,头上包着一块蓝布,春儿说:"嫂子,你不是早就闹病吗?家去吧!"

"我那亲妹子!"寡妇拉住春儿的手说,"那是我的孩子啊!"

这个寡妇住在村东头,年纪还不过三十岁。去年秋天,长工老温帮她赶在下雨前抢收来粮食,进屋后外面就下起了大雨。两人也在这大雨中产生了感情。

后来,寡妇的肚子大起来,她用布把它缠紧,再往后就不愿意出门了。前几天俗儿来她家,冷不防叫她看出来了,俗儿说:"你知道,

八路军最恨这个男女关系,知道了,小人要摔死,大人要枪崩。"

寡妇老实,叫她给想个办法,俗儿说:"添下来,你就交给我。"

妇女们叫俗儿和田大瞎子的老婆坦白。田大瞎子的老婆摆肉头阵,站在台上,两手交叉捂着肚子,低着头高低不说话,群众的质问,她当作耳旁风。俗儿顶不住,说了。她说:"那天高疤同着一个姓白的汉奸来了,在田大瞎子家开会,叫我们破坏村里的抗日工作,谁抗日积极就破坏谁的名誉,我和她就想了这个招儿,今后改过,再也不犯了。"

(六)

乡村医生每天来治疗,芒种的伤口渐渐好了。他已经能够在春儿家的小院里走动几步,因为技术和器械的限制,有一小块弹片没有能够取出来,好在他的身体过于强壮,正在发育,青春的血液周流得迅速,新生的肌肉,把它包裹在里面了,他也并不在意。

这天从早晨,就刮起了黄风,初夏的风沙一阵阵地摔打着窗纸。天黑以后,风才渐渐停了,天空又出满了星星。做伴的大娘,吃罢晚饭就来了,和春儿坐在炕头,围着油灯给军队做鞋。

芒种在炕尾巴上擦枪,大娘在炕头上一直不安心,不断地回过头去看。春儿说:"你快收拾起来吧。叫大娘把针扎到手指头里去,不能给你们纳鞋底儿,你就不闹了!"

村北头田大瞎子家的狗,忽然叫起来。它先是汪汪了两声,接着就紧叫起来,全村的狗也跟着,叫得很凶。

"听一听!"芒种侧着耳朵说。

春儿和大娘全停下手里的活计。街上乱哄哄的,像是队伍进了村。接着有喊叫骂人的,有走火响枪的,有嗵嗵砸门子的。芒种眉开眼笑地说:"好啊,我们的队伍回来了!"说着爬下炕来,就摸着找他

的鞋。

"你先停一下!"春儿小声说,"别是日本进了村吧!"

"那明明是中国人讲话,怎么会是日本?"芒种说。

"那也许是汉奸。"春儿说,"你听听骂得多难听,你听听,八路军有这样叫老百姓的门子的?像砸明火一样!小心没过祸,我去看看吧!"

"你,你也要多加小心呀,"大娘说,"我那老天爷!"

春儿穿上鞋,下炕来,轻轻打开房门。她走到院里,扳着篱笆往外一看,田大瞎子家的外院里,已经是明灯火仗,人和马匹,乱搅搅的成了一团。

她看不见老常和老温。她看见田耀武和三四个人,站在二门的台阶上,喊叫:"快!派人包围村子!"

春儿的心一收缩,"我们那些岗哨哩!"

她赶紧回到屋里。她把情况和芒种说了,芒种判定这是张荫梧的队伍,自己不能留在村里,要冲出去。

春儿说:"你的腿还没好利落,走得动?也许不要紧吧,我们和他们不是统一战线了吗?"

芒种背上枪,着急地说:"我们信得住自己,可不能相信这些人。他们狼心狗肺,两面三刀,这回一定是编算我们来了,快走!"

"那我也就跟你走!"春儿说。

"要是他们来了,你们就全出去躲躲吧!"大娘说,"我给你们看门,我不怕他们,你们不要看我平常胆小,遇上了,刀搁在脖颈上,我也不含糊!"

他们刚离开村庄,就在村西遇到了老常,老常告诉他们高疤已经叛变,需要立即上报组织。

三个人奔着五龙堂来,芒种说:"老常哥,你怎么跑出来的?"老常说:"别提了,他们砸门子,我正和老温蹲在牲口屋里学习认字哩。一开门,田耀武和高疤拥进来,老温冲我使了一个眼色,我就想走。后来一想,要看看他们干什么,说什么,就借机会到里院去了两趟,听到

田耀武讲：要拿县城。田大瞎子看见我，冷笑了两声，说：老常主任！这里没有你的事儿，先到外边休息一会儿吧，回头我们就要正式谈谈了！我一听事不好，才闪出来。"

"老温哥哩？"芒种说，"他也该出来呀。"

"我出来的时候就很难了，"老常说，"他叫我先走，他说他有一条命支应着他们。我们要快走，去报告区上。"

到了五龙堂，在高四海的小屋里，区委书记听了老常的报告说："情况十分紧急，敌人正在进行一个政治阴谋。我们城里武装力量很小，准备也不足。我们第一步，要去通知李县长做准备。第二步组织附近各村的民兵武装，打击敌人。"

老常、芒种、春儿担任了进城送信的任务，马上就出发了。区委，高四海，去召集民兵。

他们没有走那条通往县城的大道，他们从紧紧傍着这条大道的一条小路走，可以近便一些。他们要走到前边，要保卫已经解放了的土地。

他们听见田耀武的队伍，已经从子午镇出发了。大道上有乱糟糟的马蹄响。

如果是田耀武先到了，这一带的村庄和人民就又要从白天退回黑夜去，命运就十分悲惨了。如果是芒种和春儿先到了，我们的家乡，就按照这两个孩子的宝贵的理想，铺平它的幸福的道路吧！

芒种和春儿望见了县城，那拆平的城垣，反射着星斗的光辉。

他们三个人的心里，同时一冷。难道拆去这座城墙，他们辛辛苦苦的工作，是做错了吗？无坚可守，今天夜晚，他们怎样来阻击敌人的进攻呢？

芒种他们先到了。芒种刚刚和守城的几个民兵说明情况，叫春儿和老常快去报告县里，田耀武的几匹马队已经到了跟前。

芒种带领几个民兵抵抗了高疤一阵儿，但是民兵的训练机会少，枪法不准，且寡不敌众，只能且战且逃。芒种拼命往县政府跑去。

风云初记

　　李佩钟白天时已经和司令部联系过了,只是她没想到高疤的叛变和张荫梧的围攻。她在白天就已经将粮食和重要的犯人押到乡下去了,这个时候,她将一些重要的文件收好也准备休息了。听到枪声,她仓皇地拿起装着文件的布包就要跑,刚好遇到了春儿和老常。他们刚走到大堂就遇到了高疤和田耀武。李佩钟被他们打伤了,春儿慌忙丢下一颗手榴弹之后,老常背着李佩钟,与赶来的芒种一起逃走了。

　　他们把李佩钟放在黄村南边一个小村庄上,找了医生来。春儿叹气说:"我们没有完成任务,还吃了大亏。去的时候,一个拐腿,回来又多了一个伤号。一个是叫日本鬼子打的,一个是叫张荫梧害的!"

　　他们等候着主力回来,收复县城。

　　主力并没有过来。这天下午,日本军队没放一枪,就进了县城。田耀武的队伍恭恭敬敬地交代了"防务",就退回到子午镇来,实际上成为敌人的右翼。

　　他们在镇上,积极地恢复汉奸统治。他们搜查了各个抗日民主团体,逮捕了很多人。砸碎一切抗日的牌示,

烧毁文件和报纸，封闭民校。田耀武打发两个护兵，跟在田大瞎子的后面，站在大街十字路口，给村众讲话，要选举村长。村众虽然很多，没有一个人讲话。田大瞎子忽然变得很谦虚了，他说："你们不要以为我又想上台，我是绝对不干这个的了。八路军在这里的时候，谁给了我气受，他自己知道，可是我绝不记恨。咱们走着瞧吧！可是，你们不要再选我当村长，不要选我。实在没法，你们可以选老蒋，因为这次打出共产党去，光复我们的村庄，是他女婿高疤的功劳！"

老温被田耀武吊在树上用刑逼供，但是老温咬死了牙口，问什么都是不知道，甚至将田耀武堵得哑口无言。最后还是田大瞎子假模假样地来劝说田耀武，怕自己地里的麦子没人收，才放下了老温。

张荫梧也到这镇上来了一次，田大瞎子像孝子见了灵牌一样，就差没跪在他的面前问他这回站住站不住。但是，张荫梧脸上并不高兴。虽说今天占了八路军一点点便宜，他心里明白：深武饶安这个地区，已经不是一年以前他所统治的那个样子了，它已经从根本上起了变化，张荫梧说是人心变坏了。

张荫梧的队伍，一天一夜的工夫，就改变了子午镇的容貌。

这天晚上，有人捡着地下的破衣烂裳痛骂了，有人守着空洞的猪窝啼哭了。街道上，很早就像戒了严一样，家家紧闭大门。小孩子们也惊吓得在母亲怀里哭了，母亲赶紧把奶塞给他，轻声说："野猫子来了。"

人们偷偷埋藏着东西，谁都明白：这个中央军就是日本鬼子的前探。他们要在子午镇做一次日本进村的演习，我们也赶快做一次坚壁清野吧！

人们感觉：这简直又回到了去年七月间。那时日本离得还远，眼下，强盗就在身旁了！

这一晚，这么大的一个子午镇，只有田大瞎子家和老蒋家热闹。

第十一章

（一）

正赶得这样不如意，地里的麦子熟了。去年河南河北全泛水，黑土地白土地里的小麦都很好，沉甸甸的穗参参着长，"谷三千，麦六十"，今年随手摘下一穗，在手掌里捻开，就有八十个鼓鼓的大麦粒。麦子身手高大，刀劈斧砍一样整齐，站在地这头一推，那头就动，好像湖面上起了风。

古老传言："争秋夺麦。"麦收的工作，就在平常年月也是短促紧张。今年所害怕的，不只是一场狂风，麦子就会躺在地里，几天阴雨，麦粒就会发霉，也不只担心，地里拾掇不清，耽误了晚田的下种。是因为城里有日本，子午镇有张荫梧，他们都是黄昏时候出来的狼，企图抢劫人民辛苦耕种的丰富收成。

老百姓说，今年的麦子，用不着雇看青的巡夜了，有八只眼睛盯着它，一边是日本和张荫梧，一边是本主和八路军。这几天，城里的敌人，不断用汽车从安国运来空麻袋，在城附近抓牲口碾轧大场。子午镇的村长老蒋，也正在找旧日的花户地亩册子，准备取消合理负担，改成按亩摊派。

敌人是为麦子来的。

抗日县政府指示各区：要组织民兵群众，武装保卫麦收。

指示规定邻近村庄联合收割。芒种和春儿都参加了民兵组织，

每天到河口放哨。高四海担任了子午镇和五龙堂的护麦大队长,他的小屋又成了指挥部。

白天收割河南岸的麦子。高四海到各家动员了,秋分又分别动员了那些妇女们。农民们鸡叫的时候就起来,拿着镰刀在堤坡上集合。他们穿着破衣烂裳,戴一顶破草帽,这些草帽不知道经过了多少次紧张的麦秋,抵御过多少次风雨的袭击。高四海从小屋里出来,肩上背一支大枪,腰里别一把镰刀。用过多年的窄窄的镰刀,磨得飞快,它弯弯的,闪着光,交映着那天边下垂的新月。高四海站在队前,只说了几句话,就领着人们下地去了。

这队伍已经按班按排分好,一到指定的地块就动起手来。割得干净,捆得结实,每个人都用出了全身的力量。这不是平日的内部竞

赛，这是和对面的两个敌人争夺。胶泥地是割，河滩附近的白土地，就用手拔。抡着拔起的麦子，在光脚板上拍打着，农民们在滚滚尘土里前进。

太阳出来的时候，他们的工作已经进行了一半。大车队在村东村西两条大道上，摇着鞭子飞跑。三股禾杈，在太阳光里闪耀着，把麦子装上大车，运到村里。秋分领导着妇女队，担着瓦罐茅篮，从街口走出，送了中午的饭菜来，也有人担来大桶的新井水。小孩子们也组织起来了，跟在后面，拾起农民们折断和遗漏的麦穗儿。

在五龙堂村里碾了几片打麦场。在场边，放几条大板凳，结实的小伙儿们，光着膀子站在上面，扶着铡刀。大车把麦子卸下来，妇女们抱着麦个儿，送到铡刀口里去。

中午，她们在大场中心撒晒着麦穗。几次翻过摊平，到起晌的时候，牵来牲口，套上大碌碡。鞭子挥动，牲口飞跑，碌碡跳跃。她们拿起杈子，挑走麦秸，拉起推板，堆好麦粒。用簸箕扬，用扇车扇，用口袋装起。

晚上，民兵和收割队到河北去。三天三夜，他们把麦子全收割回来，地净场光，装到各家的囤里去了。田野像新剃了头似的，留下遍地麦茬，春苗显露了出来，摇摆着它们那嫩绿的叶子。

我们的军队，正在平原的边界袭击敌人。这是新成立起来的队伍，最初几天，曾经想法避开了敌人的主力。不分昼夜地急行军，跳出了敌人布置的包围圈。对于刚刚参加部队的农民来说，行军就是一种作战准备，在行军中，组织严密了，纪律的感觉加强了，每个战士都要学习判断情况，决定动作，掌握敌人运动的规律，并且看穿它的弱点。

在保定和高阳的公路上，连续袭击了几次敌人。敌人从深泽、安国撤走薄弱的兵力，我们赶在前边，破坏了公路，在唐河附近作战，又消灭了两股敌人。最后，高阳的敌人也撤回保定去了。

当日本鬼子从深泽撤退,民兵武装,就开始攻击张荫梧盘踞在子午镇附近的队伍,高疤随着田耀武窜到了冀南地区。

一场患难过去,李佩钟的伤还没好。芒种回到部队上,还住在城里,春儿和老常回了子午镇。

晒麦子的天气,白天焦热,一到夜晚,天空是清朗的,星星是繁密的,风吹过来是凉爽的。五龙堂村边平整光亮的打麦场,是农民们夏季夜晚的休息场所,一吃过夜饭,人们就提着小木凳,或是用新麦秸编制的小蒲墩来了。在场院中间,是一个夜晚也在闪着银光的、发散着香味的高大的麦秸垛。

这天,变吉哥正在五龙堂的打麦场说抗日小段。他用的是梨花调,还请了高四海给他伴奏弹弦。变吉哥就是将这次五龙堂的护麦运动稍加编排,添些枝节,说唱了一番。变吉哥说唱的兴致很高,农民们听得也入迷,真是鸦雀无声,直到已经开始下着雨了,才恋恋不舍、意犹未尽地离开。

雨渐渐下紧了,这一场雨,对晚田的播种很有益处。听完变吉哥说书的人们,都往家里跑,妇女们低着头紧扯着衣襟,遮掩住怀里的小孩,男人们把麦秸垫子顶在头上。变吉哥把鼓板揣在怀里,还是扬长地走着,好像他的光头,并不怕风吹雨打。高四海有些抱怨,又心疼他那张旧三弦,只好扯起破棉袍的大襟,包裹住它,这样走起路来,就感到非常不方便了。

他要回堤上去,刚刚走到村口,有人叫住了他。原来是老温。

老温对高四海说自己不想留在田大瞎子家了。但是高四海告诉他,村里的事有老常他们就够了,他如果想脱离田大瞎子的家,就要像芒种那样,成为一名战士,不然不如就留在田家配合他们的工作。最后高四海叫老温去和老常好好商量一下。

他们在堤口上分手,高四海上堤回家,有一个女人从堤上跑下来。老温认出来,那是村东头和他相好的寡妇。女人也认出来他,追了过来。

雨点虽然细小，下得可紧。它滴落得很有力，打在干燥轻松的泥土上，泥土马上就把它吸收了。在眼下，收获了一季的土地，是需要多少雨水啊。春苗们挺直着腰，仰着头，把中间的一张新叶，拧成一个喇叭承接着。突然降落的温暖的雨水，使它们的心胸张开，使它们的身体润湿了。

老温和这个女人，在这样深的夜晚，这样紧密的雨里走着。他们走得很慢，风雨天对他们竟成了难得的时机。走到河滩里，看到那只被日本的炮弹打破，现在修理好了的摆渡船，那女人靠着它坐下来了。她说："我累极了，歇一歇再走。"

老温对面坐在她的跟前。女人说，要老温娶她，和她结婚，哪怕是为了孩子。说着说着，竟呜呜地哭了起来。

老温说他要去抗日，去当八路军，只要有抗日的决心，年龄什么的都没什么关系。女人听了他的话，十分支持他去抗日，但是要求先跟她结了婚，给她和孩子正了名，再去部队上，老温同意了。

互相坦白心意的两人又分别了。

（二）

老温回到家里，把辞活的事和老常说了，还说了结婚以后就去参军的事，老常十分赞成他的决定。老温说他明天一早就走，先到春儿家住两天。老常叫他有事就给他说，虽然添不了箱，但是跑前跑后的事他还是可以的。

第二天早起，老温给牲口添上几筛子草，把自己的几件破旧衣服，两只鞋子，包裹好了，就找田大瞎子去。他叫田大瞎子把工钱算清后给老常，之后头也不回地就走了，去了春儿家。

老温去到春儿家，春儿十分高兴，当下就要给他做饭，因为刚打了点麦子，决定给他做白馒头。老温也没闲着，拿上水桶就去挑水了。

之后老温跟春儿说了自己要和村东头寡妇结婚的事情，请春儿帮忙。春儿赞成极了，但因为她也没经历过，于是提议去找隔壁的大娘。

大娘来了之后，老温提议一切从简，日子就定在五月初五。但春儿说也不能太简陋，叫上村里的子弟班来吹唱吹唱，喝两盅。之后在老大娘的安排下，春儿又给老温做了一身新的裤褂和一双新鞋。

五月初五那天，虽然老温一直说简单办理一下，但是婚礼依然热热闹闹地进行了，那些长工们都赶来给他祝贺。一路吹吹打打，老温将新娘迎进了门，吃过饭，两人又一起携手回了他们二人的家。

从这一天起，老温就有了老婆孩子。一夜的时间很短，多半辈子在田地里操劳过去的汉子，从窗纸的颜色，看出天就要亮了。从幼年起，他的两只粗手，只是在风沙的田野里，抚摸着青苗和黄谷，泥土和草根；只是在炎热的太阳下面，操持着鞭把和镰把，犁杖和锄头。现在抚摸着的是身边的妻子。从幼年起，在他耳边响动的只有大道上车马的声音，水井边辘轳的声音。现在听到了女人轻轻的嘱咐。除去田大瞎子的吆喝，老少当家们的白眼，在天地之间，原来还有这样可爱的声调和欢喜温柔的眼色。

然而，他还是很早就起来了。穿好他新做的衣裳，告别了新婚的妻子，到城里找芒种去报名参军了。

因为，有了妻子，就有了牵连，也就有了保卫她们的责任。生活幸福，保卫祖国的感情也就更加深了。

女人把他送出大门来。她一手抱着孩子，一手扶着门框，看着老温走到街上去。

他走到街上来，往东西两头一看。这时候，普通人家还都没有起来，只有村里的长工们，勤谨的农民们，集合出操的男女自卫队员们，开始在街上活动。老温不愿意惊动别人，他很想从小胡同穿到村外去。可是老常正在井台上打水，早就看见他了，三把两把提上水桶，把担子往旁边一扔,大踏步赶过来说:"怎么起得这样早?也没吃点东西?我是说拾掇清了,再去叫你的。咱镇上的工人同志们,约会要欢送你一下。"

老温拒绝了欢送的提议,却被老常拉了过去。镇里的长工们,跑到小学校里,推出多年没用的大鼓,用力地敲着。老常站在碌碡上,告诉闻讯而来的人们,老温即将参加八路军了,一瞬间,所有人的热情都被点燃了。

老温不愿意登台讲话,过去两个长工,差不多是把他抬到碌碡上去。他站稳了,慢慢地说:"我为什么要这样做呢?工人弟兄们会明白我的心思。我糊涂了几十年,从去年七月间到现在,才从一连串的实际事儿里,看出一个道理来。我从共产党八路军这里看见了咱们的明路,日本和张荫梧过来了那就是咱们的死路,只有这个八路军,才能保卫我们的国家,才能赶走日本,只有参加这个八路军,才能解放我们工人和那些受苦受难的人们!"

"老温哥,你先走一步,我们就跟上来!"子午镇十几个长工,围随着老温到村外来。

到摆渡口,老温才伸着胳膊,把人们拦回去。在五龙堂的堤头上,又有很多人站在那里欢迎他了。

到城里一共是十八里路,在这十八里路上,老温有几十年的感触。到了城里,他才觉得肚里饿了,在十字街口找了一家豆腐脑棚,坐在临街的一张白木桌旁边的板凳上。掌柜的用围裙擦着手过来,老温说:"盛一碗,多加醋蒜!称一斤馒头。"

他掏出烟袋,抽着,望着大街上来往的车马、军队。在过去,无论是赶集上庙,出车走路,他最注意的是车马。牲口的毛色,蹄腿的快慢,掌鞭的手艺,车棚的搭法,车脚的油漆,车轴的响动。今天,他注意的是军队。在他眼里,今天的队伍,已经不像去年冬天。去年冬天,我们的队伍,在服装上还是不么不六,在走动上还是一群一伙,今天

的队伍,是服装也一律,步伐也整齐了,枪支的披挂得法,马匹的鞍鞯齐备。

是谁在指挥,是谁在训练?农民们为什么这样快就变成了支持祖国北方的坚强的长城?从今天起,老温也就不是给当家的收割几亩庄稼,看养几匹骡马,他的职责扩大了,他是保卫这一片广大的乡土、关心祖国的前途的人民战士了。

掌柜的端了饭菜来,他慢慢地吃着,还望着南来北往的人们。

从北边过来一个老年人,他的头发多日不剃,布满灰尘,脸晒得很黑,皱纹像一条条的裂口。一身黑色洋布裤褂,被汗水蒸染,有了一片一片的白碱,脚下的鞋,帮儿飞了起来,用麻绳捆在脚背上。这是一位走过远道的人,他已经很疲乏了。可是,看得出来,这是一个好强的汉子,走在人群里,他拿着一种硬架势。从这个架势,老温猜想这也许是一位赶四五套大车的好把式。

老人后面,有一位中年妇女,她穿着一身蓝色洋布裤褂,头上的灰尘,脸上的干裂,和老人是一样的,她背着一个黑色的破包袱。

老人走到十字街口,等女人跟了上来,笑着说:"这可就到了,这就到家了,还有十八里路。你看看,这就是我们县里最热闹的西大街,你看那座石牌坊,是明朝的物件哩!"

"那我们就歇息一下子吧。"女人说话是外路口音。

"要歇息歇息,"老人说,"还要吃点儿东西。来,吃碗豆腐脑,我有七八年不吃这家的豆腐脑儿了。"

老人招呼着女人坐在老温对面的板凳上,女人侧着身子把包袱放在脚底下。

老人的口音,老温听着很熟。他仔细看了看,从老人那在高兴的时候眼睛里跳动的神采,他认出这原来就是他多年的老伙计,秋分和春儿的父亲吴大印!

看见多年不见的老熟人,老温别提多高兴了,吴大印看见老温也

是说不出来的兴奋,连忙问了那些亲近之人的近况。

"都好。老常哥是咱镇上的工会主任,"老温说,"芒种去年就参加了八路军。我对你说吧,咱这里可大变样儿了,庆山也回来了,是一个支队的司令,你看!"

"你看,"大印对那女人说,"这个支队的司令,就是我们那个大女婿!"

女人正低着头吃饭,抬起头来笑了。老温说:"这是谁?"

"这是,"大印说,"这是你的新嫂子。出外七八年,这算是那落头。"

"我们这里的妇女可提高了,到镇上就要参加妇女抗日救国会哩,"老温高兴地说,"春儿就是主任!"

"春儿,就是咱们那小闺女。"大印又对女人介绍。

(三)

在县城里,吴大印知道了村里的很多事情,故乡的新的变化,在他的心里已经形成了一个约略的轮廓。老温也和他谈了自己结婚,现在就去参军的事。直到天快晌午,豆腐脑棚的买卖忙上来,他们才分手告别。

吴大印领着女人回子午镇去,这十八里路,他走得非常快,女人得时时喊叫他等一等。

起晌以后,他们到了子午镇的东街口。这一天,子午镇的男女老少们都聚集在十字街口的广场上,十分热闹。原来今天这里在选举村长。

吴大印十分想上前去看看,他还听到了自己小女儿春儿讲话的声音,可是拦住他们的青年民兵十分严格,并不愿意轻易放他进去。叫他们先站一会儿,这阵儿热闹过了再去给他们通报。

吴大印和女人只好靠着墙站住。他提着脚跟,望着自己的女儿,想听听她在白话什么。

"妇女同志们，"春儿在台上正讲得高兴，"今天这个大会，是个选举会，选举村长和村政权委员们的大会。我们选举的村长，是抗日的村长，是坚决抗日的人，是誓死不当汉奸的人。选他出来，好领导我们抗日。我们妇女，在过去不能参加选举，就是穷门小户的男人，也不能参加选举。过去的村长，都是几个人唧咕成的，他们财大气粗，可是不给老百姓办事。今天参加选举，是我们妇女的权利提高了，我们绝对不能马虎，要在心里过一下，看谁抗日坚决，就选举谁！"

春儿讲完话，就退到后面去。这一回站到台前来的是老常。老常在台上从容不迫，进行了一番演讲。台下的人正在鼓掌，人们问什么话，老常笑着解答着。吴大印等不及，也要上前去投票，那个青年民兵拦住了他，说上前去帮忙问问。但是那个民兵只顾着自己投票，将吴大印他们给忘了。

吴大印着急，自己走过去了。春儿第一个看见，从台上跳下来。吴大印说："春儿，别的事家去再说，我要写一张票！"

群众决定让新回到家乡来的吴大印参加选举，发给了他一张票。吴大印拿着票走到写票桌跟前，写票员小声问他："你选谁？"

"我选老常。"吴大印说。

"他的大名叫常德兴。"写票员笑着说，"你真有眼力呀！"

选举的结果，老常当选了子午镇的抗日村长。老常站到台前来，讲了话，做了抗日的动员。去年冬天，高庆山在地里和他谈话，说工人可以当村长，他当作一个笑话听。现在，这是一个事实，不容他推托，他要担负起这艰难沉重的工作。最后，他约请他的老伙计吴大印发表一点回到家来的感想。

吴大印站到台上去说他的感想。他说，他出外不久，那里就叫日本占了，农民们更不能过活。在那里受了几年苦，回来的时候，日本人又占了我们很多地方，他只能挑选偏僻的道儿走，整整走了三个月。

可也见到很多新鲜事儿,在我们国家的广大地面上,不管是铁路两旁,平原村镇,山野森林,湖泊港汊,都有我们的游击队。凡是八路军到的地方,农民们就组织了抗日的团体,建立了大大小小的根据地。这些根据地,有时看着并不相连,有时又被敌人切断,可是,它们实际上是叫一条线连接着,这就是八路军坚决抗日的主张,广泛动员人民参加抗日的政策。他知道这条线通得很远,它从陕北延安毛主席那里开始,一直通到鸭绿江岸的游击队身上。他想,这条线,现在是袭击敌人的线,动员群众的线,建立抗日政权的线,以后,我们就会沿着这条线赶走日本。回到家来,看到村里的热烈的抗日气象,他要告诉大家的是:像我们这样同心协力坚决抗日的地面,是很宽广很强大的了。他要求参加村里的抗日工作。

在他讲话的时候,人们都往台前挤,高四海和秋分也赶来了。只有田大瞎子和老蒋退到远远的地方,低着头抽起烟来,好像不爱听。这一天,春儿家里,亲人团聚。一年以来,在子午镇和五龙堂,发生了很多变化,过去流散在外的,像高庆山、高翔、吴大印,全都回来了,像芒种、老温,成群结队地从村里走出去抗日去了。无论是回来和出去,分离和团聚,都是存了保卫乡土、赶走日本人的一片热心的。

也有那走了又回来,回来又走了的,像田耀武和高疤。因为他们并不保卫乡土,只知道闹摩擦,乡土也就不再需要他们,不再在他们身上寄托任何的希望了。

第十二章

　　这天下午,秋分又给爹娘送了一小筐箩白面来。临走,叫出春儿去,告诉春儿组织上同意她入党了,叫春儿准备一下,吃过晚饭就去她家去。

　　春儿的心里,忽然觉得沉重起来。她想到入党不仅是高兴的事,从今天起,她是负起一种责任来了。一种重大的责任,她的生命,成了党的生命的一部分。党对人民所负的责任,她也要分担。她已经把自己的青春和将来,交给了党。党就要培养自己,使自己的生命发挥出最大的力量,完成最光彩最高尚的任务。

　　她告诉爹和娘,就到五龙堂来。

　　春儿过了河,上了堤坡,天空出现了那颗大明星。姐姐正在小屋门口等着,领她到屋里去。

　　炕上地下全打扫了,靠南边的小窗户,摆好一张桌子,变吉哥正装饰着他画的毛主席像。一盏明亮的灯放在窗台上。

　　高四海严肃地望着毛主席的画像。变吉哥安排好了,回过头来笑着说:"大伯,你知道画这张像多为难呀,遇见从延安来的人我就打听,有没有毛主席的相片,后来还是庆山哥给我借来了一张,是一位参加过长征的老战士保存的,我高兴极了,买了好纸张、好笔墨,等到晚上,老婆孩子全睡下了,我安安静静地画,整整画了三宿才成功,你

们看画得怎样？"

"画得好，"高四海点头说，"他在望着我们，在鼓励我们，他经过了多年的艰苦的斗争，把党的事业领导到胜利。这些情景，从你的画像上，全可以看出来！"

"那样啊！"变吉哥高兴得红了脸，激动起来说，"大伯最能批评我的作品，秋分同志，你说哩，我愿意听听你的意见。"

"是好。"秋分说，"面对着这张画像，就像毛主席亲自在前面指引我们！"

"春儿，你说说！"变吉哥说，"是为了你入党，我才精心画的呀！"

"我心里高兴极了，"春儿笑着说，"从今天起，毛主席来领导我这个穷孩子了！"

"那我们开会吧，"变吉哥立正了说，"我先向春儿同志介绍：高四海同志是五龙堂子午镇中国共产党的支部书记，我是支部的宣传委员，秋分同志是组织委员。同志们，我们今天举行春儿同志入党的仪式。我们接受春儿入党，因为她是敢于反抗地主压迫的雇农吴大印的女儿，因为她在抗日战争中勇敢负责地工作，对党热情和忠诚。"

高四海讲话说："春儿！你还年轻，你要知道我们党的历史，要想念那些为党艰苦地工作和英勇地牺牲的人们，秋分！你把我保存的那面红旗取出来！"

秋分打开一只破旧的红油板箱，取出那面旗来。这是十二年以前农民暴动的时候，高庆山打着的旗帜。庆山把它插在堤坡上，在它的下面抵抗围攻的敌人，胸部的鲜血，染紫了红旗的一角。庆山出走以后，高四海叫秋分把它保藏了起来。它仍然完整，颜色凝重，十几年来，它不停地在这一带人民的心里招展。

高四海把红旗铺展在春儿前面的桌案上，它带着当年滹沱河边

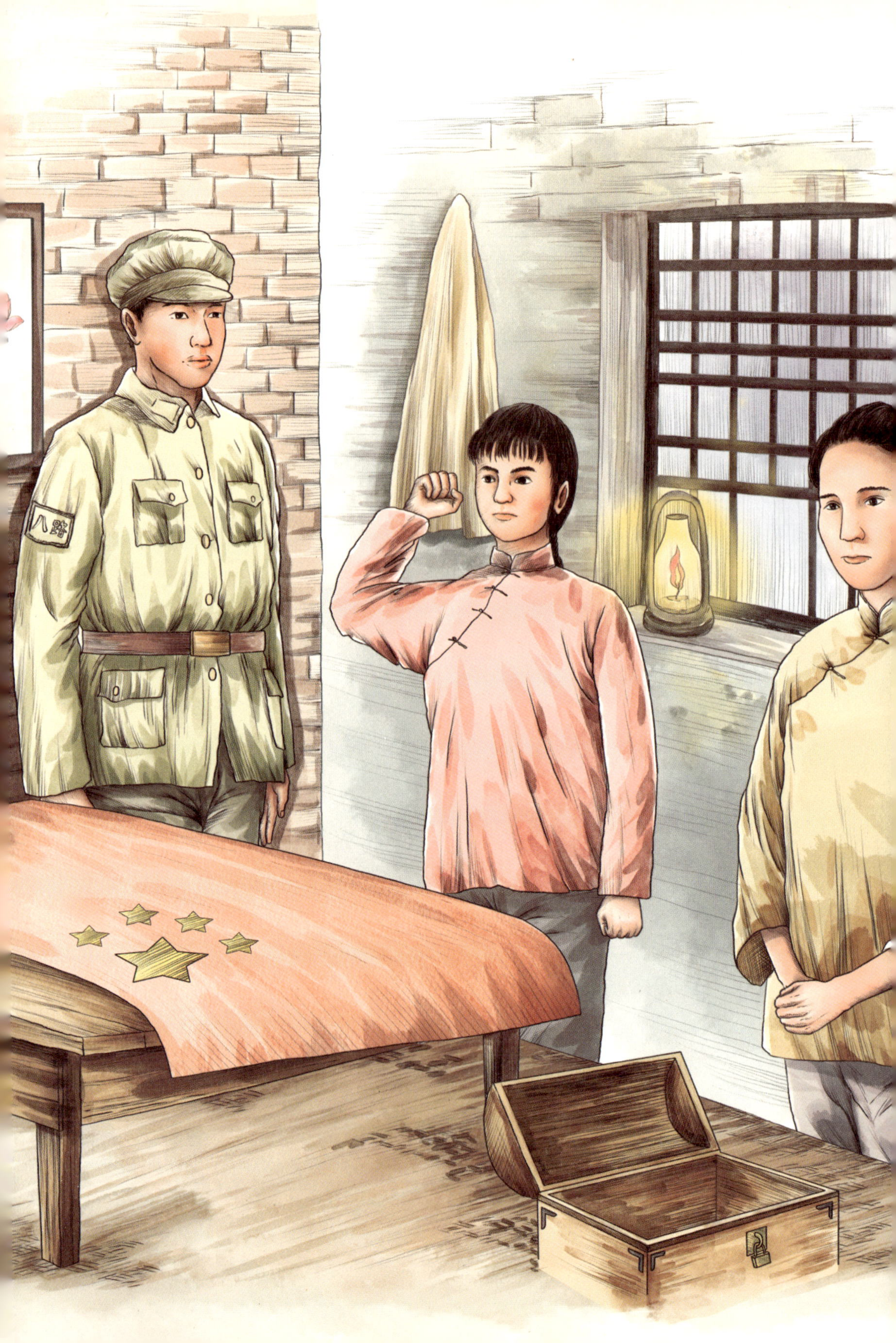
八路

的风暴,壮烈的斗争和鲜明的理想,和这个女孩子的热情结合了。

春儿举起右手来,安静有力地说:"我要做一个好的忠诚的、积极斗争不怕牺牲的党员!"

会后,高四海又谈了谈子午镇的政治情况,把党员介绍给春儿,把她编在老常领导的小组里。

回去的时候,姐姐送她,在河滩里,慢慢告诉她以后应该怎样做工作,怎样团结群众和领导群众。

第十三章

（一）

一九三八年七月，冀中区创办了一所抗日学校。这所学校，分作两院，民运院设在深县旧州原来的第十中学，军事院设在深县城里一家因为怕日本、逃到大后方去了的地主的宅院里。

部队保送芒种到军事学院学习了。芒种来到深县，打听到民运院有通过地方保送和自行考试两种上学方案，于是立即给春儿写信，叫她也过来。芒种把信给了一个卖桃子的小贩，嘱咐他务必要送到。小贩怕自己忘记了，就将信压在桃堆里。

春儿这些日子在家比较清闲，最近自己工作顺利，爹爹带回来的后娘也对她极好，帮她做饭做活。这天晌午，春儿听到街上有卖蜜桃的，忽然想吃桃了，于是就起身前去了。这个卖桃的小贩恰好就是芒种拜托帮忙送信的小贩，春儿过去桃没买成，但是见到了信。春儿非常高兴，忙问小贩要不要去他家喝点水。小贩也没恼她没买桃，只觉得她看到这信的笑容比这蜜桃儿还甜。

刚刚看过了信，是要她去学习，春儿很高兴。可是当决定明天就走，她也像那些第一次离家远行的孩子们一样，心里有些烦乱起来。

她经过村、区、县，写好了介绍信。她又和本村的同志姐妹们告别。她到五龙堂去看望了姐姐。回来，一夜差不多没有合眼，年老的父亲就催促着母亲起来给她煮赶路的饺子了。

她带了一个挂包,装着她珍惜的纸笔和文件,一个小包裹,里面只有一身替换的单衣和一双新做的鞋。

子午镇到深县有六十里,走到双井村,天气就热上来了,一个人走远道,有些累得慌。过了双井村,净是沙土道,走着更费力。好在这一带大道旁边,果木树很多,随时有树阴凉可以歇息。雨水勤,梨儿挂得很密。起晌以后,春儿就到了旧州。

春儿找到了学校,被带进去见到了年轻的教导主任。春儿觉着这教导主任有些眼熟,却顾不得问,连忙将自己的介绍信交了上去,之后就开始了文化测验。春儿只在冬学识字班里念过一本书,因此她的文化测验成绩并不理想。但是教导主任肯定了她的政治思想和工作经验,并安慰她文化知识可以慢慢提高,之后就叫人带她出去吃饭,然后等候榜示。

吃完饭后,一位女同志过来叫她出去做游戏。春儿听女同志的口音上去攀上了关系,女同志叫她把包袱放她那儿,晚上一起睡。春儿出去后,就和操场上的男女学生一起捡拾那里的废砖烂瓦,将"七七事变"学校南迁以后久经荒废的操场清理出来。春儿活泼熟练的动作很快就引起很多人的注意。

然后,这群学生们手拉手组成一个大圆圈,围着操场转。春儿在这其中,有一种别样的感觉,她想到,她一个贫苦农民的女儿,有一天也能参与到这群学生中间来,是何其幸运!等到跑步开始,这群学生再次被春儿折服,因为不管是动作姿势,还是在认真努力、坚持不懈的精神上,春儿都可以作为他们的表率,都比他们强上许多。

榜示以后,春儿也跟着人们跑到大门口墙壁上去看榜,她从最后面找寻自己的名字,她的心怦怦地跳着,然而她的名字却列在了榜的前端。她是正式录取了,学院也正式开了课。她们没有星期休息制度,芒种在一天黄昏的时候,来看了看春儿,给她送来一个他自己裁订的笔记本,还有一条用棉被拆成的夹被。春儿都收下了,在人群里

红着脸送他出来,说:"你有什么该拆该洗的,就给我拿过来。"

"这些事情我都会做了,"芒种说,"我们都在学习,哪能侵占你的宝贵时间。"

学院的学习很紧张,上午是政治科目,下午是军事科目。雇来很多席工,在大院里搭了一座可容五百人的席棚。这里的教员都称教官,多数是从部队和地方调来的知识分子。他们参加工作较早又爱好理论研究,抱着抗日的热情来教课,在这样宽敞的大席棚里,能一气喊叫着讲三个钟头。

春儿对军事课很有兴趣,成绩也很好。政治课,她能听懂的有"论持久战"和"统一战线",听不懂的有"唯物辩证法"和"抗战文艺"。虽然担任这两门功课的教官也很卖力气,可是因为一点也联系不到春儿的实际经验,到课程结束的时候,她只能记住"矛盾"和"典型"这两个挂在教官嘴边上的名词。

春儿认识的字有限,能够运用的更少,做笔记很是困难。在最初一些日子里,每天下午分班坐在操场柳树下面讨论,她发言也很少。在这些时刻,她就时常望着远处地里的庄稼,想到在那青稞稞下面工作,虽然热得流汗,也比在这里讨论好受一些。她愿意讨论些乡村里的实际事儿,现在主要的是要记些教条。在一些日常生活里,她也有时感觉和这些学生们相处不惯。主要的,她觉得有些人会说会写,而实际上并不爱去做,或根本就反对去做;好教训别人,而他自己的行为又确实不能做别人的榜样;想出人头地,不是从帮助别人着手,而是想踩着别人上去。春儿是个有耐性的孩子,在一些细节上,她很少和人家争吵,也知道帮助别人。有些事情,想通了也知道向别人学习。比如这些学生们很讲究卫生,很爱洗头发,每隔一个星期,就到后院的井台上洗一次。春儿觉得洗过了的头发,确实好看,因此,她除去向她们学习勤洗衣服和穿衬衣,也经常去打水洗头。她那特别乌黑的头发,立时引起了人们的羡慕。但是当这些学生只干净自己,不干

净别人，甚至为了干净自己把别人和环境弄脏，春儿就不向她们学习，还要指出她们的错误。

她从不嘲笑别人。当她在讨论题目的时候，有时忘记或说错了，那些学生们是常常忍不住用手帕堵住嘴的。但当她们在树下讨论问题的时候，一听见飞机声就那样惊慌，而有时飞过的不过是一只螳螂，才强作镇静。偶尔又有一条绿色的小虫，爬上她们的脖颈，就尖声怪叫，活像挨了蝎子蜇一样。春儿虽然看不惯，也没有觉得好笑。她知道这些人从小是在另外一个环境里长大的，和自己并不相同。

（二）

春儿在这里过的是军事生活。每天，天还很黑就到操场跑步，洗脸吃饭都有一定时间，时时刻刻得尖着耳朵听集合的哨音。夜晚到时就得熄灯睡觉，她没有工夫补习文化。有些课程，道理是明白了，可是因为记不住那些名词，在讨论的时候，就不敢说话，常常因为忘记一个名词，使得这孩子苦恼整天。为了记住它们，她用了很多苦功。

因为默念这些名词，她在夜晚不能熟睡。为了把想起来的一个名词写在本子上，她常常睡下又起来，脱了衣裳又穿上，打开书包抱着笔记本，站到宿舍庭院的月光下。

有时，庭院里没有月光，或是夜深了，新月已经西沉。她就抱着本子走到大席棚里来，她记得那里的讲桌上有一盏油灯。她把油灯点着，拿到一个角落里，用身子遮住，把那个名词记下来。

每逢这时，她的脑子很清楚，记忆力也很好。整个课堂里，只有她自己和一排排摆在黑影里的长板凳。席棚外边，有一排大杨树，一只在上面过夜的鹁鸪，在睡梦里醒来叫唤了两声。

从灯光下面来看，到学院的一个月里，这女孩子是消瘦了许多。她就着灯光喃喃地念着笔记本上的名词，当她记住了，她也就觉得困

乏了。她想闭着眼休息一下再回宿舍去,可是头一低就睡着了。灯盏里的油也点完,灯头跳动了一下,熄灭了。

过了一会儿,春儿被一阵响动吵醒,她听见一男一女的声音,似乎是趁着天黑在这儿约会。春儿很后悔自己打了一个盹儿,就陷入了这样难堪的境地。当这一对男女站起来要走的时候,男的用命令的口气说:"明天或是后天,有一个国民党的委员到这个学院里来。你要在女同学里串通一下,在委员来到的时候,表示热烈的欢迎,并高呼口号:欢迎中央派人来领导我们的学院。你一定要执行,从今天起,我直接领导你。"

明天或是后天,委员并没有来。学院正为一个新鲜的问题,争论得有趣。不久以前,有从鹿钟麟那边来的一个姓胡的教官,据说,他是一个左倾分子,受那边顽固分子的排斥,要求到我们这里来的。他没有担任正式课程,却主持了一种课外的讲座,就叫"生活讲座"。他背来很多马列主义的书籍,态度严肃,满嘴革命的名词,好像是一个很有理论修养的人。但细听起来,他的唯物辩证法真是海派,他惯于添油加醋,他所作的比喻非常荒谬,他所有的用意非常下流。他从不用唯物辩证法去讲解革命和抗日战争,却常常去联系他个人的"生活",甚至吃饭喝酒、聚赌嫖娼的历史。

这一次,他在学院的告示牌上,贴出来的新题目是:"自由恋爱"。许多同志认为,在紧张的军事训练里,这个题目会分散青年的政治热情,松懈他们的生活纪律,瓦解他们的战斗要求。但前来大席棚听讲的学生很多,又因为胡教官的颠倒是非的口才,拼命一般地叫喊,他竟能一战成功,被一些学生誉为名教授。

在他的演讲里,照例以革命的词句作引子,然后引证了很多下流小说弹词和唱本上的故事,有时近于丑角的打诨,有时超过花旦的骚情。使青年们觉得:那些革命的理论,好像不是先烈的热血浇灌起来的果实,不是无数次壮烈斗争积累起来的经验,不是为了阶级斗争,不是为了抗日胜利，不是为了社会改革和文化的发扬。一切都被他利用，成了他个人哗众取宠的阶梯，招摇撞骗的工具。

凡是真正为了抗日和革命来学习，并且有了初步判断能力的同学，都非常不满地退出了教室。春儿因为文化低，必修科目还学着困难，她很少参加这些课外的讲座。但是"自由恋爱"这个题目，确实也打动了这个女孩子的心。她在课堂里挤满了人的时候，才偷偷地站在后面听了几句。她立时认出主讲的教官，就是那天晚上为了反动的政治目的，玩弄了一个女同学的人。

她把问题反映给党组织。回到宿舍，她就发起疟疾来。隔一天一场，冷上来浑身打战，热上来想跳进水井。她用了一些土方子，藏到别处去躲，跑到野外去丢，但疟疾并不离开她，越来越重。这种病夺色夺力，几场过去，这女孩子就黄瘦得像蜡捏的人儿了。

她不愿意到学院的卫生所去打针。班长强迫她，医生也来劝告，她才勉强去了。打过一针，病就显好，对医生也就非常信任起来，第二天就自动到卫生所去了。

汉奸张荫梧在衡水一带抢劫了农民的食粮，收编了一些封建势力和土匪流氓混合的武装，又突然向北进犯，到了学院附近。

两个学院先后两期训练了将近五千个干部，那正是根据地非常缺乏有理论基础的干部的时候。这些干部投入实际工作以后，冀中区就转向艰苦的阶段，他们多数经过了考验，成了对革命有用的人。他们散布很广，几年以后，当有几位教官，从冀中出发，路经晋察冀、晋西北，到延安去的时候，一路上不断地遇到他们的学生们。因为他们熟人很多，不被盘查，行军得到很大方便，同行的人就送给他们一个"活通行证"的称号。

三个月的学习期间，春儿也有很多收获。主要是她理解了抗日战争的性质和持久战的方针，对领导群众，她也觉得有些办法、有些主见了。学习初期，那些因人设课的"抗战地理""抗战化学"，她虽然听不大懂、记不大清,对她也有启蒙作用,她知道知识的领域是很广大的。对于各式各样的人,对于各种理论上的争执,她也有一些分析和判断的能力了。

并且,当习惯了这个新的环境,心里有了底,学习有了步骤,她又慢慢胖了起来。眼下,她的相貌和举止,除去原有的美丽,又增加了一种新的庄严。确确实实,她很像一个八路军的女干部了。

三个月期满,芒种在军事学院毕了业,要回原部队上去。春儿成绩很好,学院留下她,当下一期学生的小队长。

芒种临走的时候,绕到旧州来看她。这几天学院正青黄不接,春儿也有些时间,她请假送他出来。

经过了战争和学习的两人成熟了许多。春儿用节省下来的钱给芒种买了几个油炸糕,又一起去散了会儿步。两人没有说什么,但是两人又什么都明白。最后,时间不早了,春儿给芒种理好包裹,目送芒种远去。

(三)

民运院第二期收生,变吉哥也被录取了。

他学习很努力,讨论会上也踊跃发言,最爱和那些学生们争辩,参加课外的活动,他尤其热心。变吉哥常到担任"抗战文艺"的张教官那里去请教,非常热诚地去替张教官做一些事,在执行弟子礼上颇有些古风。

教官起初叫他给墙报画些小栏头、小插图,看出他有一套本领,就叫他画些大幅的宣传画,这样他的两只手上,就整天沾着红绿颜色。不久,学院成立了一个业余剧团,他担任演员又管理布景,遇见音乐场面上没人,就抓起小锣来帮忙。他很能照顾那些女同志,剧团里女演员又多,他实际上成了剧团的负责人。

他们演的戏都很短小,一天上午,要演出四五个节目,差不多每个戏里都有变吉哥。老乡们热情地犒劳他们,在戏台旁边烧了一大锅开水,用筐子背来一堆粗瓷碗。变吉哥感觉不到劳累,一到演戏他总像神附了体一样。最后的一个戏已经演完闭幕,台下的观众也要走散,他不换服装,也不擦去油彩,又慌忙地从幕布里钻了出来。他哑着嗓子,对观众们说:"今天的戏就算完了,不早了,回家吃饭去吧!怎么样,大伯,你对我们的演出有什么意见?没意见,回去就照着我演的这个模范人物学习呀!"

"行了。"有的老乡回过头来说。

变吉哥已经攀到柱子上去解绳子拆幕布。

一些学生出身的演员,对于变吉哥这种演戏作风,有些不满。他们认为这样絮絮叨叨,会减弱戏剧的实效。但看到变吉哥这样做,实在是出于过分的热情,并不是想闹个人突出,也就不好意思提出来,只是有时和变吉哥开个玩笑,说他像在跑江湖卖艺一样。变吉哥听了,点头认可,并不以为这是讽刺,他以为大家对他的评价很是适当。

他说:"我们要向那些人学习,学习他们苦学苦练的精神,学习他们联系群众的方法。你们见过那在庙会上变戏法儿的,在他打锣开场的时候,只有几个小孩子守着他。在这个时候,他总不肯闲着,他叨念着和孩子们逗笑话。抖出一块白布来,在地下铺平,从口袋里掏出一只蛤蟆,放它在上面跳几下,又收了进去。这都是为了招引人,在表演中间,在散场的时候,他都有一份和观众维系感情的**诚意**。**使**观众明知道戏法儿是假的,也还要掏出钱来,因为艺术是真**的,感情**是重的。在那旧社会里,凭一技之长,在人群里端碗饭吃,实在**并不**比今天容易!"

联系到过去的身世,说着说着,他竟有些伤感了。对于变吉哥,这只能使他对今天的宣传工作更加努力。下午,他又盘腿卧脚地坐在老乡家的炕头上,编写明天演出的新词了。

他的窗外,有一盘石碾,这也像一个农民,每天从早晨起一直忙

到天黑。现在，有一位粗腿大脚的中年妇女在那里推碾。她已经推好一泡儿玉米，又倒上了一泡儿高粱。

这时又来了一个青年妇女，背着半口袋粮食。她的身段非常苗细，脸上有着密密的雀斑，可是这并不能掩盖她那出众的美丽。

"让给我吧，大嫂子！"她放下口袋喘着气说。

"你的脸有天那么大，"中年妇女笑着说，"我好容易摸着了，让给你？"

"你是推糁子吗？"青年妇女问，"那我就等一会儿。"

"我推细面，晚上烙饼吃。"中年妇女说。

"那你就让给我吧，"青年妇女跑过去拦着她的笤帚，"我的孩子好容易睡着了，就是这样一会儿的空。"

"我就没有？"中年妇女说，"三四个都在村南大泥坑里滚着哩！你图快，就帮我推几遭。"

"呸！"青年妇女一摔笤帚离开她，"你这家伙！"

风云初记

"我这家伙不如你那家伙！"中年妇女摊开粮食，推动碾子，对着青年妇女的脸说，"你那家伙俊，你那家伙鲜，你那家伙正当时，你那家伙擦着胭脂抹着粉儿哩！"

青年妇女脸上挂不住，急得指着窗户说："你嘴里胡秃噜的是什么，屋里有人家同志！"

"同志也不是外人，"中年妇女说，"同志也爱听这个。"

青年妇女跺跺脚，背起口袋来，嘟囔着："我是为的快交公粮，谁来和你斗嘴致气呀！"

"你说什么？"中年妇女咯噔一声把碾子停了。

"公粮！"青年妇女喊叫着。

"你的嘴早些干什么去了？"中年妇女赶紧扫断了推得半烂的粮食，"你呀，总得吃了这不好说的亏！来，你快先推。"

青年妇女转回来，把口袋里的金黄的谷子倒在碾盘上，笑着说：

"醒过人味儿来啦!"

"我是看在那些出征打日本的人们的面上,"中年妇女说,"这年头什么也漫不过抗日去!"

她头上顶着一个簸箕,左胳膊夹着一个簸箕,右手拿着笤帚,挺挺直直地走了。走了几步,又转过身子来,说:"大妹子,你可把米碾细点。你的汉子和我的汉子全在前方。他们穿的还是我们织的布,吃的还是我们种的谷。"

"你那高粱还推不推?"青年妇女问。

"不推了,这样贴饼子正合适。"中年妇女走着说,"为了他们呀,我在家里吃糠咽菜也甘心!"

青年妇女默默地把谷铺好。她的身子很单薄,推着碾子有点吃力,天快黑了,有几只麻雀飞回来,落到碾棚的檐上,它们叽叽地叫着,好像在催促。

一个女孩子跑来。这女孩子穿的衣服很瘦很短,裤子又狠狠地往上兜着,身体显得格外结实利落。她过去一帮手,大石碾立刻就轻快起来了。

"你不来,我着实费劲哩,"青年妇女高兴地说,"你今天怎么回来得这么晚?"

"考试来呀!"小姑娘笑着说,"题很难答。我到家放下书包就跑来了。"

"回头和我一块吃饭去。"青年妇女说。

天黑了,她们要点着碾棚里挂着的小油灯,小女孩扒着变吉哥的窗台来借洋火。变吉哥问她:"你和她是一家?"

"不是。"小姑娘说。

"你们经常互助?"变吉哥又问。

"嗯。"小姑娘笑着答应,"**我这个嫂子是抗属,我应该帮她做活。**你问我们这个干什么呀?"

"唔,"变吉哥说,"我可以给你们编写一个剧本。"

第十四章

十月，武汉失守。十一月，冀中区的敌情就很严重了。敌人在正面战场对蒋介石诱降，并在蒋介石节节败退的形势下，抽调大批兵力，进攻八路军，认为这才是它的真正的心腹之患。敌人又是先从东北角上蚕食，侵占了博野、蠡县，并用公路把据点连接起来。不久，深县也被敌人侵占了。

学院转移到深南地区。一天，变吉哥，春儿，还有教"抗战文艺"的张教官，接受一个任务，到滹沱河沿岸，慰问一支新来到冀中的部队。起初领导同志并没有告诉他们是什么部队。他们要通过敌人的封锁公路，要预先计划好可以依靠的社会关系。在路上，张教官提议第一天晚上，就宿在他的家里。

张教官的村庄，四面叫白沙包围，在本县的地图上，称作"沙漠"。原有几处树林，都被敌人砍伐了，今后几十年，这一带都看不见参天合抱的大树了。村边，正在刮着一个旋风，那旋风像一条直直立起的长蛇，脚踏着白沙地面，头顶着晴朗的天空，它漫过小树，坟丛，沙岗，摧残着一切，滚滚前进。到了村庄的东头，忽然有一股黑烟火烬，卷进它的身体，其中夹带着哭喊的声音。

"情况不好。"张教官说，"我们在村边找个地方避一下吧。"

他们跑到村西南的一座砖窑上来，一窑砖刚刚烧好，窑工们趴在窑道上，偷看村里的事变。

125

张教官认识这里的掌作张老冲。这老头子到这个时候还光着脊梁，白胡子飘撒在黑胖的胸膛上，系着一条宽大的绣花围腰，站在窑顶后面。他指挥着张教官他们趴下，春儿感到身子下边滚热。

"我们的一个小队被敌人包围在村里了，"老头儿说，"他们本来可以撤出来，也可以隐蔽起来。他们叫敌人的疯狂劲儿气坏了，就打了起来，敌人太多，现在是撤不出来了。"

所有人都紧张地望着村子里，关心着自己的一家老小，最主要的还是那一小队人的命运。有一个战士冲出来了，他跑到砖窑这边来了，日本人也跌跌撞撞地跟过来了。最终战士倒在了窑坑旁边，日本人站在那里望着窑顶。

老头子说不能让那日本人离开，否则他会去报信。战士腰间有一把枪，可是他们都不会开枪，春儿说她会。她说着就从窑顶上滚下去了，她从战士身上摘下枪支，在烂砖堆后面卧倒。日本人并没看到她。她瞄准的时间很长，最后枪声响了，老头子叫了一声好。

他们把战士埋葬在砖窑的附近。

春儿他们等到天黑才进村。张教官的家是四合砖房，一个黑油梢门。他们到家时，张教官的父亲正要关门，看见儿子回来，有些吃惊也有些高兴，看见后面跟着的春儿和变吉哥，脸色又不由得一冷，埋怨他们怎么偏偏这个时候回来。埋怨归埋怨，依然殷勤地将他们迎了进来。

张教官的老婆站在院子里，在月光下带着亲切的笑容望着他们。媳妇为他们烧了水，又怕招待不好客人，低声叫公公去东头老马那里换点挂面。因为那老马还挺爱看书，张教官的父亲从一旁的麻袋里拿出一本书来，决定用它去换挂面。张教官见到自己的书被如此对待，不禁大叫起来。但是父亲说这些书现在都是催命符，东头一户人家就是因为几本书被烧了房。所有人都沉默了。

父亲走后，张教官的老婆告诉他书已经烧了半天了，谁都舍不得，

可是谁都没办法。变吉哥见了，请求让他装几本，得到同意后，就将自己与春儿的挎包都塞满了，张教官还叫自己老婆把那画画的纸也给他了。一会儿张教官的父亲买了两把挂面回来了，接着又掏出几本要去买杂碎肉。

这一顿饭虽然算是丰富，可是主人客人全吃得苦脸愁眉。媳妇在外边拉着风箱，父亲蹲在旁边把一本本的书，撕碎了扔进灶火。他抱歉似的对儿子说："烧，也得晚上，白天就不方便。"

这天晚上，他们早早地就熄了灯，春儿和张教官的媳妇睡一屋，变吉哥、张教官和老人三人睡一屋。

半夜，村子里突然冲进来一些抢匪，春儿听出来是叛徒高疤的声音。变吉哥和张教官给春儿她们提示了一下就逃走了，春儿和媳妇准备逃走时，高疤一伙人已经过来了。媳妇让春儿先走，自己却因来不及逃走被捉住了。

春儿出去了也不敢乱动，藏到了一个土坑里。高疤他们抓了好几个人,叫他们的家人拿钱来赎他们,美其名曰筹备军饷。过了一会儿,张老冲作为代表送来了三百二,与俗儿高疤谈判了一阵,终于送走了这一群土匪。

见他们离开,春儿和张老冲连忙过去救人,最后在一个扒了坟的大坑里找到了被绑着的几人。回家后,张教官的媳妇抱着春儿哭,表示要跟着春儿出去。张老冲则安慰着张教官的父亲。

听说春儿他们要走,张老冲又自告奋勇,送他们一程。他对春儿说:"女同志,昨天有幸,我们见过一面。我自己再介绍一下:我叫张老冲,是我们这一带有名的好赖人儿。好事儿里面有我,坏事儿里面也有我。我认识高疤,我可不赞成他。这叫什么,日本人刚刚放火杀人走了,他们就来绑票,这叫趁火打劫!还说什么筹划军饷!这算什么军头?我,可也不是什么正经人,我从小赶趟子车,后来当牲口经纪,现在烧窑,也拉过宝局,也傍虎吃过食儿,可是我赞成抗日。高疤这回专绑抗属,又图财害命,又破坏抗日,证明他心肝都黑了,以后我就不招惹他,你们可别把我也看成他们一起。"

"你们村里那些民兵哩?"走出村来,春儿问。

"唉!"张老冲说,"从一修公路,日本人又这么一闹,村里的工作有点儿泄气,同志,要打几个胜仗才行啊!这也不能怨老百姓,谁经过这个年月?可是,我们不能悲观失望。当一辈子人,顺水能浮,呛水也得能浮。看事情,就像交朋友一样,要往长远里看。当人家红火了,你才看见人家红火,那不算能耐,在他不红的时候看出他能红,这才算眼力。你们别看我无二八非了一辈子,我可不是个轻易就随风转舵的人。你看高疤今天夜里横不横?四条人命在他手心里攥着,愿意打就打,愿意骂就骂,别人不敢吭声,这算不算威武?可是我说他不行,他一百个不行,他没有好结果。日本人就不用说了,那更是暴横绝短。可是,依我看,它像我们村边常常刮着的旋风一样,谁也不知道它在什么时候起来,只要留心,谁也能看到它的灭亡。它旋得越凶越快,消灭得就越麻利。日本没有根,它是没头没尾的旋风,在中国地面上做梦。它虽说找到了高疋这些人,这些人既是我们这一带的败类,就绝不会成事。反过来看,我们八路军找到的净是些什么人,这些人,是这一带地方的真正的财宝,结实的根。从人上看,八路军一准能成事。看见日本人修了一条公路,烧了几间房,有几天看不见八路军,或是看见八路军打了一两次败仗,就说抗日不行了,我绝不相信这个。天南海北,我哪里也去过,什么人物我也见过。我见过吕正操吕司令。我见他,不是在他带领了多少支队,手下又有多少司令的时候。我见他,是在去年七月间,他不愿意南撤,带着一支小队伍往回翻的时候。那时候,人们每天看见的是队伍往南逃,谁也没想到队伍会往北开。我正在安国东长仕庙上拉着宝局,一天晌午,我站在那大庙的山门高台上吹凉风,看见他带着队伍从正南下来了。这队伍,鞋袜不整,脸上都有饥色,走得实在又困又乏。吕司令走在前边,脸晒得很黑,步眼很大。他看见我站在庙台上,就问:老乡!这是什么村庄?离城几里?我说:东长仕,离城八里。吕司令叫队伍站好,在我站的那个大石牌坊下边讲了几句话。这一段话,直到现在我还记得。这段话是说我们要抗日,就不能怕艰难,我们的力量虽然小,可是有群众支援。他讲得很短,可是力量很大,我看见那些军队立时精神起来,系了系鞋带,就奔安国去了。到了县衙门口,把两门子小炮一支,就收编了伪商团一百多支枪,这队伍越闹越大,后来打着野外,在十二村解决了土匪高建勋,我都亲眼见来着。从那个时候起,我就认定吕正操这个人,行!"

老头子一路话语不停,送出春儿他们十里。

第十五章

天明的时候,春儿他们到了滹沱河边。使他们兴奋的是,他们已经知道,他们前来慰问的部队,就是那传说和盼望了很久的,贺龙将军带领的一二〇师。

更巧的是,司令部就驻在春儿的家乡子午镇。他们在村东头一家贫农的北屋里见到了贺龙将军。突然见到他,她只顾得浑身打量,好像在这位将军身上,每一个地方都带着红军时代的灿烂的传说,都是些出奇制胜的英雄故事。

将军很是和蔼可亲。向他们致谢以后,他首先关心的是他们身体的健康。问到学校里的伙食,问到他们除去军事科目,平时还有什么运动?

他们还见到了周士第参谋长,参谋长站在悬挂着的一张军用大地图旁边,给他们详细地讲解了目前敌后战场上的形势。他们虽然缺少军事经验,也能预感到:随着这些英雄人物的到来,一场新的激烈的战争风暴,就要在他们的家乡开始了。参谋长告诉他们:敌人好像发觉我们的主力过来了,情况变化得很快,叫他们先不要离开司令部,编成一个民运小组,跟着部队转移。可是,晚上还从容地召集了一个交流经验的座谈会,主要是请他们介绍了冀中区的风习和人情。

慰问了自己的部队,见到了红军时代的人物,是春儿生平很值得纪念的一件事。她想:她出生的这个村庄,有机会驻扎了这一支革命

劲旅的首脑机关，它一定也感觉着光荣。

跟着这支部队，春儿走遍了冀中区。在平汉路一带，村庄很大很密，水车园子很多。定县境内，小小的清凉的水沟在村边绕过，用手就可以捕捉那潜藏在芦苇根底下的小鱼。在津浦线附近，地形宽阔，村庄很稀，农民们住在那零散的黄土筑成的小屋里，村外大洼里是一丛丛的红荆，天空里盘旋着大鹰。

她渡过了家乡的不同姿态的河流。夜晚，她跟着部队，在一个灯火繁多的镇上，通过子牙河的木桥。再往东，沿着红土河身的运粮河，它两岸都是长满了肥大白菜的园地。有时候，她蹚着沙河的清澈的浅水，一直走到西边的铁路，看看就到大山的脚下，然后又返回东北，宿营在雾露很重的大清河边。她无数次在奔腾的河流上，小心地走过颤动的浮桥，她的身影和天上的星月，一同映进碧绿的水流。有时候，她静静地站立在河岸上，等候那集中起来的、穿梭一样摆渡的船只。

亲爱的家乡的土地！在你的广阔丰厚的胸膛上，还流过汹涌的唐河和泛滥的滹沱河。这些河流，是你身体里沸腾的血液，奔走和劳作的动脉，是你的奋发激烈的情感，是你生育的男孩子们的象征。你的女儿是沉静的磁河和透明的琉璃河。她们在柔软的草地上流过，娇羞得不露一点儿声色，她们用全身温暖着身边的五谷，用乳汁保证了田园的丰收。她们摇动着密密的芦苇，承载着深夜航行的小船，她们给了人们多少慰藉和恩情啊！看见她们，就看到你的美丽，也看到你的孕育的伟大和富庶了。

春儿经过号称金的束鹿和号称银的蠡县，这里盛产棉花。她到过叫作小苏州的胜芳，那里著名的是荷菱鱼稻。农民们用秋收的新粮，供给过往的部队。

行军当中，她可以听到各个地方的民间小曲。家乡啊！你的曲调是多么丰富，为什么一支横笛，竟能吹出这样繁复变化的心情？原来只是嫁娶时的喜歌和别离时的哀调，现在被保卫祖国的情感充实

激发,都变得多么急促和高亢了啊!

黎明的时候,春儿远远望见过定县的古塔,正定的大佛,起伏在大水洼里的曲折的十二连桥。

她还望见过大城市里的不安的灯火,听到过人民在那里受难的呻吟。

家乡啊!一支曾在几次反"围剿"战斗里立下威名,经过雪山草地上的千辛万苦的部队,正在你的富饶的土地上,急急忙忙连续不断地行军。

深夜里,春儿看见过那骑在马上的将军。他们有时停在村庄的边缘,从马上跳下来,掩遮着一个微小的光亮,察看地图和指示向导。他们骑马走在队伍中间,春儿不知道在他们前边走着的有多少人,在他们后边走着的又有多少。有时他们闪在一旁,让队伍通过,轻声安慰和鼓励着每一个人。到了宿营地点,战士们都睡下的时候,他们又研究敌情,决定行程。

仍旧是长距离的方向不定的急行军。春儿跟着部队,每天夜里,就又要经过无数的村庄,听着一起一落的犬吠鸡鸣,听着妇女们在夜间操作,因为各地的出产不同,她们有的鞣制皮革,有的编筐抱篓,有的织造铜丝罗。

各个村庄的民兵都在集合,深夜里,区村的干部们还在工作。所有根据地的人民,站在门口,兴奋地欢迎他们,把必胜的信念,寄托在自己的主力部队身上。

她听到铁锤叮当的声音。在一处僻静的街道,她看见一座打铁炉燃烧着,火苗闪在油黑的大风箱上。在火光里,那系着破油布围裙的,来自冀南或是山东的铁匠们,正在给农民打制破路的铁铲小镐,给民兵们修制枪支地雷。就是在阴雨连绵的夜里,炉火也不会熄灭,铁锤的声音也不会停止。

家乡啊!你儿女众多,你贡献重大,你珍爱节操,你不容一丝一点侵辱,你正在愤怒!

第十六章

大敌当前，在家乡的土地上，存在着两种性质完全不同的军队，人民的斗争就复杂和艰难了。

敌人的进攻方略，在张荫梧这些摩擦专家那里得到了充分的呼应。当敌人的军事行动显得非常嚣张的时候，张荫梧提出一个口号："变奸区为敌区"。敌人进一步引诱他，对他表示友好，把"剿共灭党"的口号削去一半，只剩下"剿共"一条，张荫梧紧跟着又感恩地喊出"反共第一"。敌人因为获得了这样忠实的汉奸伙伴，就在北平开了一次庆贺大会。

高疤叛变了八路军，张荫梧写了一篇文章，大加称赞，这篇文章在国民党的报纸上发表了，敌人的报纸也全文转载它。可是张荫梧对待高疤，就像他对待那些"礼义廉耻"的词句一样，也是用来一把抓，不用一脚踢。他对高疤的队伍没有供给，也不指明防地，叫他利用环境，自己找饭吃。高疤完全恢复了过去的生活方式。

当八路军和日寇在平原上转战的时候，高疤在这一带空隙里狠狠抢掠了一番。但是，高疤也能看出来，在人民武装日见壮大的形势下，这绝不是长远的办法。有一天，他听说张荫梧为了配合敌人修好通过滹沱河的公路大桥，来到了五龙堂，他就带着他那一小股人马过河找上前去，追索给养。张荫梧起初不接见他，高疤在村边开了火，张荫梧才叫人把他带进来。

张荫梧住在五龙堂西头一处比较整齐的砖瓦房舍里,这是高翔家的宅院。

今天是张荫梧作主席,在北房外间,高疤坐在一个末座上。张荫梧不停地在桌子头起那块不大的地方转动着,有时回身把一只肥厚的手掌用力抵到糊着粉纸的墙上,有时把两只手撑在大方桌的边沿上,悬起他那牛犊一样的身体。

他们三人正商量着如何亲近、靠近日军,与共产党作对。张荫梧要他们发动一切关系与日本人联络,接着几人又因为委派的县长专员一事吵了起来,几人都想让自己委派的人掌握权力,最后还是张荫梧劝住了他们,叫他们以大局为重,扩充他们的土地。

会议结束后,张荫梧叫住高疤要跟他谈会儿话,田耀武也留了下

来。高疤要求张荫梧给他补给，张荫梧叫他用手段找老百姓要，还直言只有八路军才有军令军纪，他们不需要。高疤又说到自己的马被日本人抢了，希望张荫梧给他配一匹马，张荫梧没有理会他就出去了。

田耀武见状上来安慰他，高疤顺便又向田耀武要求补充和供给。田耀武说，他更没有办法，自己只是一个空头专员。他给高疤出主意，叫他多利用家乡关系，把俗儿还放回子午镇去，探听一些八路的消息，联络一些反共的力量，还可以完成一些其他的任务。高疤只好答应了。

高疤从正房里出来，天已经快黑了。他的情绪很不好，低着头。当他走到前院的时候，老房东的长工正慌慌张张牵着一匹青马到槽上去，高疤立时精神起来。

"这牲口什么口？"他问。

"是个马驹子。"长工说着，赶紧把马拉到屋里去。

"好玩意。"高疤打量着马匹的后腿说，"这样热天，你为什么不把它拴在外面？"

"它不老实。"长工拴好牲口，关上门出来说，"院里住着队伍，踢着人了，不是玩儿的。"

"不是为那个。"高疤笑着说，"你是怕军队要了你的马去，你把它藏了起来。好，你把门上再加一把锁就更严紧了。"

高疤在院里站了一会儿，四下里观望了一下。他一直和那些马弁们混到夜深。

半夜里，长工开门喂牲口，青马不见了。他跑来告诉主人，差一点没把高翔的父亲气挺在炕上。

"我怎么说来？"老人斥责长工，"不要在这些队伍面前牵出牵进。"

"牲口渴得不得了，天黑了我才去饮它。"长工辩解说，"回来遇到一个官儿，他还劝我把门加上一把锁。"

"那个官儿就是高疤！"老人说，"你以为他们是什么真正的大老爷吗？"

"可是门窗全没动。"长工叹口气说。

张荫梧晚上招待石友三，丰富的宴席上，又加了一盘清蒸小鸽，主客都非常满意。饭后，两个人促膝谈心，夜深还没睡。

两人谈得正欢，老房东走过来了。老房东请求他们帮忙找一下家里的牲畜，却被张荫梧训了一顿。张荫梧说到了他的儿子高翔，对老房东半是威胁半是蛊惑。

他的话，有些确实激起了老人内心的波澜，但是，面对着这种现实，这波澜很快就平息了。很久以来，老人确实为他的产业担过心，经历了多少不眠的夜晚，痛苦的矛盾的纠缠。但他明白，中央军是不会抗日的，如果当了亡国奴，那就不只是财产的问题。至于将来的事，他早已想通：脑袋破了用扇子扇，就只当是万贯家财叫儿子糟了，管不了那么许多！因此，老房东说："总指挥，这牲口的事情，我自己认倒霉吧。可是白天我亲眼看见你的卫兵打死了我那心爱的鸽子。我希望你约束一下你的队伍。"

"不会有这样的事！"张荫梧横眉立眼地说，"我马上就把队伍集合起来，你指出那个人来，我立刻把他枪毙。"

"唉唉，"老房东说，"为了一只鸽子，我敢老虎嘴里掏食儿去？我不敢闯那个祸。天不早了，总指挥早点休息吧。"

老人回到西屋里，坐在炕沿上，半天没说话。高翔的母亲早钻了被窝，说："明天再想法儿，先睡觉吧。"

"这就是有些人想念的中央军！"老人说，"看起来，咱那儿子的说法，真对！"

第十七章

当各方面的条件成熟了，一二〇师用一个团吸引住敌人的主力，往死里拖，然后用全部力量包围上来，坚决、猛烈地歼灭了它。敌人有生以来还没见过这样严重的阵势，它着急施放毒气，也没能逃过死亡。

战斗结束以后，虽然敌人还占据着一些县城据点，冀中区的局面和人民的心情已经稳定下来。地方部队经过这一次战争的学习和考验，也能够逐渐在各方面适应新的环境，壮大自己和保卫根据地。一二〇师不久就奉命转移到山地去了。

春儿她们接到通知，学院暂时结束，张教官和变吉哥调路西参加文化工作，要回家准备一下，头两天先走了。春儿留在地方工作，她在区党委那里办好手续，想看看芒种，没有找见，就一个人回县里去。

整个的冬天和青年人一向迷恋的旧历年节，今年是第一次在战争中度过了。

自从敌人占据了一些县城，我们就把商贩动员到四镇上来。各处的抗日集市越赶越大，伍仁桥的四九大集，一到中午，就到处拥挤不动，各色货物一直摆到四下的大堤上来了。

春儿在那吃了碗面，得到了主人的热情招待，给她的面加了油水还送了烧饼，只因为认出来她是一位女同志。春儿从大堤上下来，走得更高兴更轻快了。

在前面的道上，跑着一辆小牛车，赶车的是一个矮矮的身体浑实

的女孩子。她穿一件褪色的宽大的红夹袄，卷着裤腿露着腿肚。车上装着几颗大白菜，肥大得像怀了八个月身孕的妇女，在车厢里滚来滚去。还有几个又大又圆的红萝卜，不断地从车后尾巴蹦下来。赶车的小姑娘邀请春儿上车，嘴上说的是帮忙押一下车，她一个人押不稳当。春儿一跳上去，她便赶着前边的小黄牛欢快地走了。

春儿坐在车上想，今天竟遇到了这些个好心肠的人。自从参加工作以后，人们对自己都很好，难道也真的是因为自己长了个有人缘的脸蛋儿吗？

牛车很快就到了沙河的草桥。车夫们正为抢先过桥争吵，堤坡上面忽然出现了一个战士，他全副武装，脸上满是尘土和汗，手里斜举着一面小小的军旗。他那跑上堤坡昂头一望的姿势，使人想起黎明的时候，一只虎或豹爬上了一座可以俯瞰一切的高峰。

春儿忽然感觉到了什么。她在车辕上站立起来，望着这队过河的人马。他们差不多是用力按住枪支和弹药，在草桥上冲过去的。带队的人站在草桥旁一只土袋上指挥着，春儿看清了，就从车上跳下来说："小妹妹，我走着过去吧。我还要赶路呢！"

没等小姑娘答言，她就在人马车辆的中间插过，跑到草桥上喊："芒种！"

带队的那人一转身。

"我们要调到山里去。"他低声地说，"我没想到在走以前还能看到你。"

"我到区党委那里打听你来，"春儿喘息着说，"他们说你们的队伍改编了。"

"这次战役以后，我升了指导员。"芒种说，"我们已经完全是正规军的建制。现在要到路西执行任务，你回家吗？告诉村里同志们，就说我走了。"

他的队伍已经过完，战士们在他和春儿的面前通过，都好奇地望

望春儿，有的还做个怪样儿。春儿红着脸，芒种装作没看见。

"我不能也到山里去吗？"春儿着急地说。

"你向上级要求么！我们也许还要回来的。"芒种望了望她的眼睛，就转过身去，赶紧跑到队伍的前面去了。

春儿站在河岸上，望着西去的队伍。芒种差不多没有回头。只有走在排尾的那个战士，春儿现在才看清他是老温，不知是真情还是和她开玩笑，不断地回过身来向她摆手儿，那意思是说：不要远送。

夕阳在沉落以前，鲜艳得像花的颜色，春儿再回头西望的时候，它已经完全钻进山里去了。春儿想，芒种他们今天晚上，如果顺利的话，也可以赶到山里去的。在经过平汉路的时候，一场战斗也是避免不了的。她觉得她和他不是一步一步，而是两步两步地分离着。

她的脚步变得沉重起来，她的心不断地牵向西面去。路上行人很少了，烟和雾掩遮住四野的村庄。在战争环境里，这种牵挂使她痛苦地感到：她和芒种的不分明的关系，是多么需要迅速地确定下来啊！

当她走到子午镇村北的横道上，遇见了一个一边走一边发着哮喘的女人，是变吉哥的老婆。她手里拄着一根在路上捡起的干树杈，怀里还抱着一堆细小的干树枝。

"你这是到哪里去来？"春儿问她。

"学了学新兴样儿，"那女人又喘又笑地说，"送郎上前线。你哥哥要走西口，我这老婆子也难留。"

原来变吉哥也走了，嫂子送他到刘家坡大坟那里才回来。

"那你为什么还送他这么老远？"春儿忍不住笑了。

"是为了那么一位客。"女人说，"你哥哥说是他的老师，一块到路西去的。老师来了还不算什么，后边又来了一个师娘，一个漂亮的小媳妇。"

"那是我们的教官和他的女人。"春儿说。

"没见过人家这样的夫妻，真是恩爱夫妻呀！"女人笑着说，"看

样子一块从他们家里来,也是过了夜的。在家里有多少亲密话说不完,又陪伴着到这里!一把鼻子一把泪,你看那个哭劲呀,把我也哭得伤心了。我想,我和你哥哥结婚以来,地里是我,家里也是我,我不管多冷多热带着孩子们下地,省下工夫叫他在家里画画儿。锅里没米,灶前没柴,都是我一个人操心,有点好吃的,叫他和孩子们吃,受累的勾当,我一个人去做,还不到三十年纪,我就落下了痨病喘的病根儿。你说我还能不陪着那小媳妇哭一场?我这一哭不要紧,你哥哥对他的老师说:'你看她,病病拉拉的身子,跟着我可没得过一天好。'大妹子!结婚十几年,这是你哥哥说的头一句人话,多么知心的话呀,我哭得更欢了!"

"就哭着送了这么远?"春儿问。

"可不。"女人咂着嘴,"我是送他去学习,去抗日。你们说的,只要打败日本,我们就能解放,就能改善生活,我没有别的指望,我就是指望那一天!"

第十八章

走上抗日革命的道路，有些人是轻松愉快的，也有些人是负担沉重的。对于变吉哥，更明显的是对于像芒种这样的年轻人，他出身贫苦，脱下破棉袄，穿上新军衣，扔下缺米少柴的愁苦，过一天一斤十四两小米口粮的日子。过去不能进学堂，现在可以学文化，都是一种生活的提高，切实的改善。他没有妻子儿女，因此也就没有过多的牵挂。偶尔想到这些，也不过把希望寄托在革命胜利，革命成功了，什么也就会有的。张教官的情绪，就不能这样单纯。他好像每逢前进一步，就感到一次身后的拉力，克服这一点，是需要坚强的意志的。

到地委那里，已经是半夜时分。因为这里接近铁路据点，在寻找机关的时候，很费了一番周折。最后，一个民兵把他们领到一家大梢门场院里，在一间像草棚的房间里，他们见到了李佩钟。

李佩钟自从受伤以后，调到地委机关来工作，因为她的身体还不是很健康，就暂时负责过路干部的介绍和审查。

第二天早晨起来，李佩钟把组织介绍信和那封私人的介绍信交给变吉哥。他把组织介绍信慎重地带好，打开那一封看了看，信写得很长，变吉哥对于这样的介绍信，并不满意，他认为李佩钟的文字，过于浮饰，有些口气甚至近于吹嘘。他想：虽然地委书记关照自己的情

意是可感的，但对自己来说，这是不必要的，他把这封信扯毁了。

　　黄昏的时候，他们在树林里集合。他知道掩护他们过路的，是芒种带领的队伍，紧张的心情，就沉静了一半下去。他靠在一棵杨树身上，养精蓄锐地闭起眼睛来听指挥人的报告。

　　现在是阴历月初，一钩新月升起的时候，他们集合好了，从树林里出来。新月遭到了普遍的诅咒，谁也希望有一块黑云把它遮住。但当他们接近铁路的时候，月亮就像很懂事似的落在山后去了，这都是指挥人员事先算计好了的。他们在离铁路十几丈的地方，伏在地上掩护起来。变吉哥看见芒种带着队伍爬到路基下面那里去了。

　　大地有些颤抖。有一列火车隆隆地从南方过来了，不久他们看

到北边不远是一座小车站，车站上的红红绿绿的信号全点着了。列车在他们面前还没有过完的时候，芒种的队伍就站立起来，列车一过去，战士们就跳上路基，一个人举起大锄刀劈开了铁丝网的栅栏，回头招呼人们快过。

他们在铁路上跑过，有些没有见过铁路的人，还俯下身子摸一下铁轨。沿线的电灯和车站上的信号唰的一声全灭了，敌人已经发觉，可是它那一辆预备在车站上随时准备出动的铁甲战车，现在却开不出来，它的道路被刚刚要进站的这一列客车挡住了。铁甲车和列车，愤怒地慌乱地吼叫着，等到它们错开，我们的人已经过完了。

铁甲车还是冲了出来，芒种他们伏在地面向它射击。

过了铁路是一段急行军。因为不只要防止敌人的追击,还要通过敌人在山口的封锁。这是沙河滩上,人们一路跑着,脚下不是泥沙,就是尖石。这里的河水,还在结凌,蹚水的时候,刺骨地寒冷。

变吉哥替张教官背着包裹,还要随时照顾他。进入山口以后,本来是可以休息一下的,忽然下起大雨来,很多人头一次进山,就赶上了在大雨中爬山的艰难的时刻。

绕过几座山峰,雨渐渐停止了,一下到山脚,就奉命休息,人们就不顾一切地躺在岩石上草丛里睡着了。

一觉醒来,大家吃了些东西,换了换鞋子,就又开始行军。天已经放晴,现在是早饭前后的时刻。一夜的紧张、劳累、惊恐、痛苦,都雨过天晴地忘记了,人们又浸入一种精力恢复、肚子饱、腿有力量的幸福的感觉里去了。

第十九章

随同部队，芒种和老温行进在荒凉和高险的山区。当部队继续向西北进发的时候，简直是一步一登高，好像上天梯一样。部队每一回顾，他们原来驻扎的地方，就好像栽到盆底去了。按照序列，芒种行军的时候，总是走在他那一连人的后面。老温现在是第三班的副班长，正好走在芒种的前面。老温是顶爱说话的，更好在别人感到疲乏的时候，说个笑话。对于芒种，虽然他时刻注意到，现在他们已经不是在田大瞎子家牲口棚里的关系，而是正规军里的直属上下级，应该处处表现出个纪律来。但是他又觉得自己和芒种那一段伙计生活，不应该忘记，那也是一种兄弟血肉之情，和今天并没有什么两样。所以一有机会，他还是和芒种说长道短。在芒种这一方面，老温看出来，变化是很大的。根据他们那些年相处时的情形，老温觉得芒种没有按照他的预计发展，而是向另外一条他当时绝不能想到的道路上发展了。这小人儿好像成熟得过早了一些，思想过多了一些。当然老温明白，这是因为他负责任过早了一些也过重了一些的缘故。芒种现在的脸上是很难找到那些顽皮嬉笑，在他的行动上也很难看见那兴兴撞撞的样儿了。

现在队伍还是向高山上爬。前边的人们不断地停下，用手挥着汗水，有的飞到后面人的脸上，有的滴落在石头道路上。山谷里没有一丝风，小块的天，蓝得像新染出来的布。

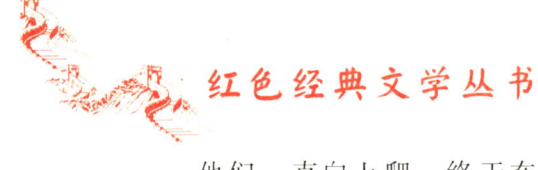

他们一直向上爬,终于在山雾缭绕中看到了一个村落。老温说这是仙界。

这里的居民,并不像老温说的是什么仙乡佛界,他们也像高山区的群众一样,生活非常贫苦。部队原来打算过了前面的关口再吃中饭的,现在进入了这样一个不平常的环境,村庄的几个老年人,相约出来,挡住爬山的道口,要部队休息做饭。那些妇女和小孩子们的欢笑惊奇的脸,全贴在粗木窗棂上,而窗棂外面,瀑布像水帘洞一样挂下来,她们看不清楚过路的人,更是多么希望男人们把客人引到家里来呀!

领导决定在这个村庄做饭。

部队在"街上"立正,然后分配到各家房子里。老温带一班人进到面对南山的一户人家。这一家的房舍,充分利用了山的形势,一块悬空凸出的岩石做了房的前檐,后面峭直的岩石就成为房屋的后壁。房檐下面吊挂着很多东西:大葫芦瓢里装满扁豆种子,长在青棵上的红辣椒,一捆削好的山荆木棍子,一串剥开皮的玉米棒子。两个红皮的大南瓜,分悬门口左右,就像新年挂的宫灯一样。

这家房子很小,祖孙三辈人却很齐全。老头子招呼着大家,叫老伴、儿媳和躺在炕上的孙女儿退避到炕角上去,把在灶火台上烤着的烟叶也清理了,让同志们坐下休息。

起初,这屋子里很暗。含有多量油脂的松枝,在灶火膛里吱吱啦啦地响着,屋子里弥漫着有香味的烟。当战士们的饭快要煮熟的时候,云雾忽然裂开,阳光照射进来,屋子里非常明亮了。小米饭在锅里突突地响,米的香味也散射出来。

战士们原以为在那里睡觉的小姑娘,忽然转动起来。她掀开盖在身上的黑山羊皮,向锅台这边伸着一只小手。

"香。"她睁开眼睛,喃喃地说。

原来是这户人家的小孙女。小女孩病了好些天，一直躺在床上油米不进，八路军一来，就醒了。小女孩的妈妈十分不好意思地请求战士们给女孩一点白饭，战士们爽快地答应了，给盛了一大碗白米饭。媳妇不好意思，拿出一大碗酸菜作为回敬。老温听说小女孩是发热，连忙去请求芒种派卫生员来看看，芒种嘱咐卫生员一定要用见效快的药。卫生员看过之后，给小女孩注射了当时难得一见的退热剂。

村庄里听说军队会看病，那些有症候的人就全找了来。这里边有多年的疮疖、心口疼、眼疾，原不是一时可以治好的。卫生员尽可能地满足了他们的要求，告诉他们应该注意的方面，军民的关系显然更亲密了一层。那些患病的人说："八路军给我们治好了病症，我们一辈子也忘不了。我们这里实在难得有个看病的先生哩。"

尤其是那个小孩的母亲，她心里有十分的感激，又苦于没有办法表示和报答。她忙着替战士们洗锅洗小碗，又把炕上扫一下，愿意他们坐到上面再休息休息。老温有时到街上去，她就站在门口张望，好像对待刚刚回家的亲人一样。老温终于感觉到了这一点，当他整理背包准备集合的时候，他想应该留给这个妇女和小孩一点纪念。可是，他是一个穷八路，有什么富裕的东西可以留赠旁人？他翻开背包，打开几层纸，找出他还没有参军时，求变吉哥画的那张毛主席的像来。

这是尺幅不大的一张水彩像。当时，他到集上买了好几次纸张，又替变吉哥做着地里的活，变吉哥才很高兴地画好了。

"把这张毛主席的像留给你们，挂在墙上吧。"老温对那媳妇说，"我们就是他的队伍，我们就是听他的话到处关心老百姓的困苦的。"

一家人全俯着身子来看。那媳妇两手捧着画像，轻轻地欢笑着说："啊，这就是他吗？这就是他！"

当队伍集合起来，宣传员在对着村口的那面大岩石上，写好一幅大字的抗日标语。从此，这个高山顶上的村庄，就到处传说："毛主席

的队伍到过我们这里了。"

"是的。他们奉毛主席的命令到前边抗日去了。"

部队啊,你的任务,不只是开山辟路,作战冲锋,万里跋涉。你是革命的耕犁,每逢你前进一步,每逢你走到一个新的地方,你就把革命的种子,播种在那一带人们的心灵之中了。

第二十章

（一）

　　自从门婿高疤叛变八路投降了张荫梧，经常在附近扰乱，俗儿也跟着走了，乡亲们早把他们看作汉奸，老蒋却并不以为耻，那团长老丈人的身份，也不愿下降。他自己想：女婿是中央军，这比起过去响马时代，自然是一种明显的高升，比起是八路的时候，论官职势力，也不见得就已经低人一头。别人议论是别人议论，最后的胜利，也许说不定就落在老蒋的身上。女儿随夫潜逃，他也不觉得是她的失算，还认为这也是跟着男人走马上任，是他蒋门的无上光荣哩。

　　在村里，他还是倾向田大瞎子。田大瞎子自从芒种、老温相继参军，老常当选村长，一力向外，这老奸在农业经营上，有了个退一步的策略。他觉得这年月，多用长工，就是自己在家门里多树立对头人，非常不上算。可是不用人，这些田地又怎样收拾？田大瞎子并不愿意卖地变产，他觉得这份祖业不能从他手里消损丝毫。他屡次从祖先家簿上查考评定，他这一代，还应该算是手头上有几招的人物，绝不能轻易就向这群穷光蛋低头认输。可是近来负担也实在重，八路军的合理负担，非常不合理，不用说了。中央军偷袭，日本侵占县城的时期，村长是由他的手下老蒋担任，可以说是名副其实的蒋政权了，汉奸日本人对他也并没有放松。因为论起油水，有眼的人就会看到，在子午镇，只有他家的锅里汤肥。村中地亩册上既然登着三顷地，多么有人情,也得出血。

田大瞎子想减轻一点负担。他想了一个既不落败家的声名,也不减实际的收入的办法,左掐右算,觉得万无一失。然后置办了一桌酒饭,找了个晚上的工夫,把老蒋请了来。

田大瞎子好酒好菜地招待着老蒋,跟他商量着地的事情。直到半夜,两人才达成协议,老蒋看在老熟人的份上,帮了忙。

达成的协议是:畜力由田大瞎子负担,打下的粮食,除去支差交公粮,全在夜间背到田家。如果不方便,则由老蒋背到集上出粜,把粮钱交来。老蒋想:这真是赔本赚吆喝的买卖,只是为了交情,他不好反驳。

确定的地块,是老蒋家房后身那三亩。这确是一块好地,原是老蒋的祖业地,那年水灾,老蒋没吃的,又要陪送长女,磨扇压着手,田大瞎子乘人之危,捡便宜强买过去的。现在,他又叫老蒋在亲人的骨肉上,挂上虚假的招牌。虽是老蒋,也觉得有些难过。

一切仪式,全像真事那样进行。规定的那天,在老蒋家里摆买地的"割食",请到了地的四邻,中人很不好找,也算找到了两个。酒饭是老蒋预备,田大瞎子花钱。吃罢饭,写了文书,点了钱,这钱自然也是演戏的道具。

老蒋也有他得意的地方。无论如何,从今天起,村里传出这样一种风声:田大瞎子不行了,现在去了村北的地,买主是老蒋。除去两顿酒饭,这一点虚荣,也够老蒋过几天瘾。

一到开春,老蒋借来田家的牲口,把地耕耙了一下。田大瞎子不放心,站在地头上,问:"你打算在这块地里种什么?"

"你说哩?"老蒋小声说。他没使过大牲口,担心骡子惊犁。

"随你种什么吧。"田大瞎子转脸往家里走,"看你耕的地,还不如狗舔的匀实哩!好地也得叫你糟蹋了。"

老蒋东一犁西一犁地耕完地,又累又饿,把牲口牵还田家,不想回家做饭,就到了西头卖烧饼馃子的何寡妇家里。何寡妇正坐在门限里,数那卖剩的货。见老蒋进来,连头也没抬。

老蒋在何寡妇那里买了烧饼吃,还要何寡妇给他说个媒,不求什么大姑娘,以他现在的条件,找个中年丧夫的寡妇还是可以的。

老蒋的行迹和关于他的风传,引起村中很多人怀疑。有人猜是那汉奸女婿给他捎来的款子,不知道有多少。嚷嚷得厉害了,村治安员也来找老蒋谈了两次话。

起初,老蒋对于那些传闻,暗暗得意,还不断制造一些新的材料,促使那传说更为有声有色。可是一到治安员要和他谈话,他就恐慌起来,甚至想销声匿迹,也觉得来不及了。

在这些村干部里面,老蒋最怕的是治安员。老常虽是主要干部,那原是个老实人,嘴头上不行,心地更良善。春儿虽说兼着小区委员,嘴头上也不让人,可到底是个女孩儿家,好脸热害羞,老蒋也不大怕她。唯独这个治安员,他觉得最难对付。说起来,治安员也是个庄稼人,小的时候在外面学过几天手艺,见了人也不好说话,可是那眼睛总好像是在打量着。每逢遇到他,老蒋不知道为什么,总不期然而然的,对他表示十二分的客气,从心里又愿意远远离开。

治安员来过之后,老蒋虽然当时应付过去了,可是心里总不踏实。他已经有些后悔同田大瞎子签订什么盟约了。思来想去,他决定不按田大瞎子的话去做,自己总得在这块地里占点便宜,最后决定在这三亩地里栽瓜。

可是说起栽瓜来,他更是外行。他只知道什么瓜好吃,究竟瓜籽怎样安法,尖朝上还是朝下就把不定。另外,想到整天蹲在瓜园里松土压蔓,也实在腰疼。他想搭个伙计,自己当个不大不小的东家。想了半天,他想起春儿的爹吴大印。这老头子年上从关外回来,待在家里没事做,是百里挑一的种地的好手,为人又忠厚老实。老蒋就找他去商量。非常顺利,吴大印一口答应了。

春儿不大愿意，怕自己的爹被骗，吴大印给她说了家里的难处，并保证自己会无事，春儿叫他去给村长老常说说。吴大印找到老常说了这事，老常也同意了。

吴大印就到地里栽瓜去了。大印是内行，甜瓜籽净找的谢花甜、铁皮沙、蛤蟆酥、白大碗。西瓜也是找的黑皮、黄瓤、红籽儿、又甜又耐旱的好种儿。养出了水芽，班排齐整地种到地里去。

吴大印在瓜园里工作。他种的瓜，像叫着号令一样，一齐生长。它们先钻出土来，迎着阳光张开两片娇嫩的牙瓣儿，像初生的婴儿，闭着眼睛寻找母亲刚刚突起的乳头。然后突然在一个夜晚，展开了头一个叶子。接着，几个叶子，成长着，圆全着，绿团团地罩在发散热气的地面上。又在一个夜晚，瓜秧一同伸出蔓儿，向一个方向舒展，长短是一个尺寸。吴大印在每一棵瓜的前面，一天不知道要转几个遭儿。

子午镇的人们，都把这瓜园叫作吴大印的瓜园，似乎忘记了它的东家。老蒋成了一个甩手掌柜，就是想帮帮忙，吴大印怕他弄坏园子，也就把他支使开了。春天天旱，吴大印浇水勤，瓜秧长得还是很好。四月里谢花坐瓜，那一排排的小西瓜，像站好队形的小学生一样。

他们在瓜园中间，搭起一座高脚的窝棚。五月里，因为地里活儿多，吴大印和老蒋轮流着看园，一个人一晚上。在乡下，瓜园的窝棚里，曾经发生过多少动人的有趣的故事啊。现在，他们的窝棚，却成了子午镇两个对立的政治中心。

每逢吴大印值班的时候，窝棚上就出现了老常和村里别的干部，春儿和那些进步的妇女们。老蒋值班的时候，围在窝棚上的就是他那些朋友相好，田大瞎子有时也在座。

有一天晚上，月亮圆了。田大瞎子喝了几盅酒，走到窝棚里来，刚好这天老蒋值班。

田大瞎子扯着老蒋对了几句歪诗。走的时候，田大瞎子跟老蒋

说:"你知道吗,中央军的势力,现在可大多了。除去张荫梧总指挥,还有石友三司令,听说过吧,过去和你家姑爷是一道。还有庞炳勋、朱怀冰,还有丁树本、侯汝镛,还有赵云祥。现在这些队伍都集中到一条线上,就要开始了。是这么个阵势:中央军从南往北,日本人从北往南,把八路夹在中间,用力一挤,完蛋。"

"这是准信?"老蒋问。

"耀武打发人来报的信。"田大瞎子兴致很好地回家睡觉去了。

五月的瓜田已经将近成熟。这天,春儿在瓜棚看瓜,感觉到有小贼在偷瓜,捉来一看,竟是俗儿。春儿知道俗儿是跟着高疤为中央军做事的,算是汉奸,因此执意将她送去区政府。在老蒋的支持下,俗儿被送去了区里。可是俗儿对审问并不配合,区里也无法,只好讨保释放了。

（二）

这一年,冀中区有严重的水灾。一夜的工夫,滹沱河的洪水,经过代县、崞(guō)县、定襄、五台、盂县,从平山入冀中,过正定入深泽。一夜之间,五龙堂的河流暴涨了。

高四海家堤坡上的小屋,又被连夜的大雨冲刷着,高四海在炕上,守着窗户,抽着烟,倾听着河里的声音。从雨声和河水声里,他又预感到了今年的水灾的严重。

秋分也起得很早。

"看样子等不到天明。"高四海从炕上下来,戴上破草帽,提起放在墙角的那面破铜锣,站到堤坡上敲了起来。

这是习惯的专用的号令。五龙堂的居民,一听到这种锣响,从梦里惊醒,跳下炕来,抓起女人们急急递过的破草帽、破布袋片、铁铲、

抬土筐，打开大门，蜂拥着跑到堤上来了。

　　人们都集到大堤上，妇女们手里提着玻璃灯笼，灯光在风雨里闪动着。人群的影子，一时伸到堤外河滩，一时又伸到堤里的坑洼。人们抬土培挡堤身，寻找缺口獾洞，踏实填补。

　　子午镇的居民，也在这一天夜里动员起来，抢修大堤。春儿领着妇女们，冒雨在大堤上工作。

　　全村各户都出了人工，只有"蒋先生"在这纷乱的时刻，躺在他那小小的世外桃源里。

　　吴大印去挡堤的时候将他喊了起来，叫他去瓜园看着。老蒋起初并不愿意起来，他不相信河水会下来。但是当他看到不去瓜园就要去挡堤，才不情不愿地选择了前者。

　　他去了瓜园，摘下几个白日里记得的快要熟了的瓜到窝棚里来，抹抹泥，接二连三地吃完了。接着就往吴大印留下的被窝里一躺。

　　在梦中，起初他觉得窝棚摇摇欲坠，自己的身体也有凌云腾空的感觉，他翻了一个身，睡得更香了。忽然，他的左脸被什么东西咬了一口，疼得入骨。他翻身坐起来，看见一个黑毛大獾带着一身水，蹲在他的枕头上。他的脚头有好几只兔子，也像在水里泡过似的，慌张跳跃，它们把头往窝棚下一扎，又哆嗦着退了回来。至于老蒋的身上，则成了百兽率舞，百虫争趣图：被子上有蚂蚱，有螳螂，有蝼蛄，有蜈蚣，还有几只田鼠在他的身子两旁，来往穿梭着，吱吱地叫着。老蒋顿然陷在这样童话一般的世界里，还以为是在梦中，然而脸确实是叫獾咬破了，血滴了下来。他用手一推，那只大獾才"扑通"跳下去。

　　天忽然放晴，太阳出来了。情景更使人可怕。

　　老蒋立在窝棚上，在耀眼的阳光下，越过白茫茫的

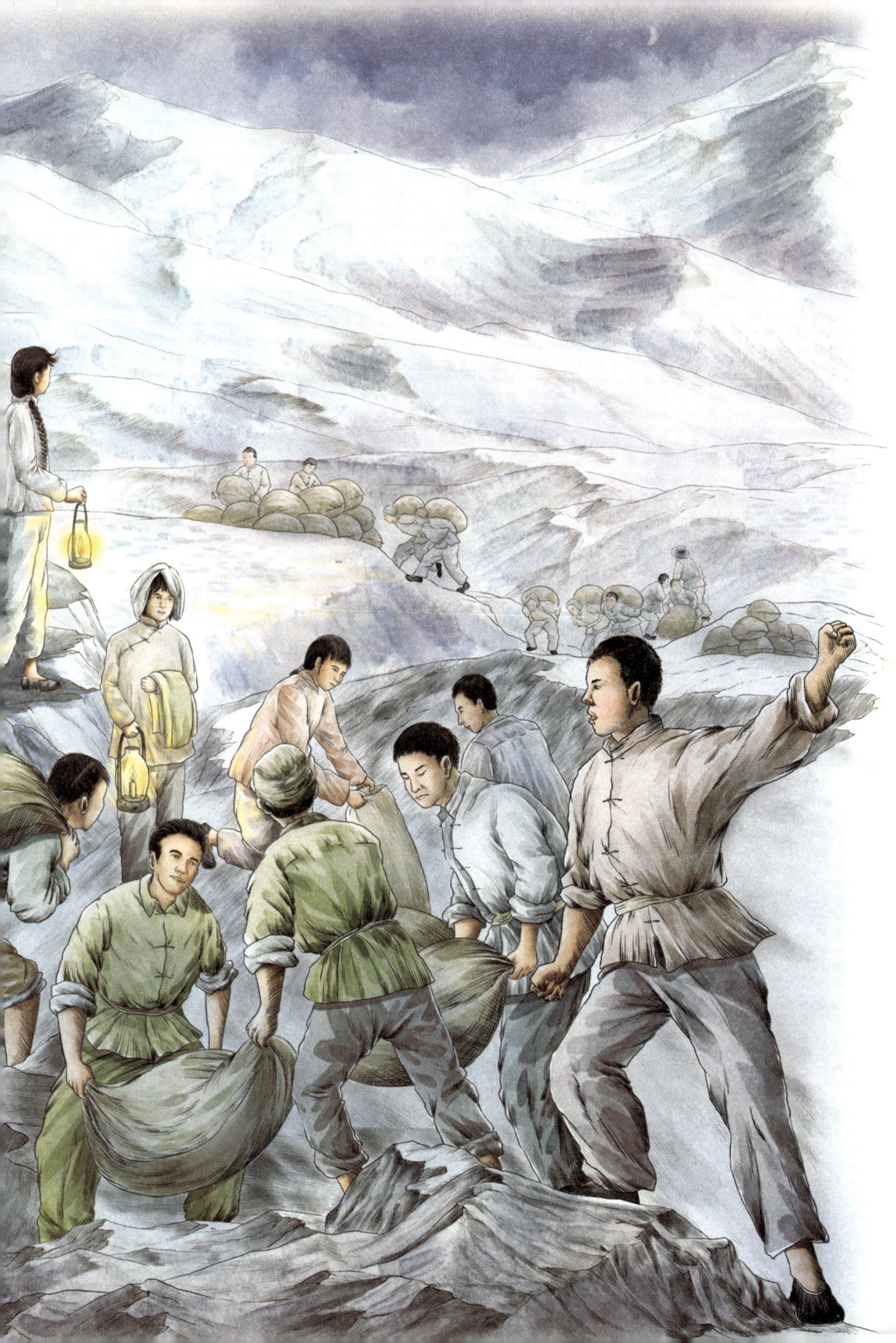

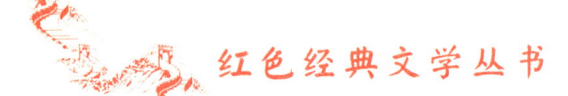

大水,望着村边。他望见子午镇西北角的大堤开了口子。这段口子已经有一个城门洞那样宽,河水在那里排荡着,水面高高地鼓了起来。

村里的人们站在毁坏了的大堤的两端,他们好像已经尽了一切力量,现在只能呆呆地望着这不能收拾的场面。可是,遮过大水的吼叫,老蒋听到了一阵可怕的声音。他看见人群骚动起来,有几个赤着身子的年轻人,抬起一件黑色的物件,远远地投掷到大流里去。

他只能听见人群的呼喊,并听不清老常的声音。那个黑色的物件挣扎着,又被抛进水里。

老蒋站立不住,突然坐了下来。他看出那几次被抛到水里的东西,好像就是他的女儿。他想起来俗儿问过他哪段堤最不牢靠,他当时没想那么多,直白地就告诉了她。俗儿得到答案之后在夜里就匆匆地走了,他也没在意。难道是俗儿坏了大堤?

老蒋再站起来,向着大堤那里拼命地喊叫,没有效果。他用看瓜园的木枪,挑着吴大印的红色破被,在空中摇摆。终于大堤上的人们看到了他,有些人对着他指画着、说笑着、跳跃着。人们好像忘记了那个黑物件,它又被水流冲靠了堤岸,趴在大堤上不动了。

老蒋继续向堤上的人们呼喊求救,但是人们好像都要回家吃饭,散开了。老蒋这时才注意到了他的村庄。他看见子午镇被水泡了起来,水在大街上汹涌流过。很多房屋倒塌了,还有很多正在摇摆着倒塌。街里到处是大笸箩,这是临时救命的小船,妇女小孩们坐在上面,抱着抢出的粮食和衣物。老蒋跪在窝棚上,他祷告河神能够放过他那几间土房,但是他那窠巢,显然是不存在了。

他想如果是俗儿造的孽,那就叫人们把她抛进水里去吧。

老蒋在瓜园的窝棚里,饿了两天两夜,并没有人来救他。直等到水落了些,吴大印才弄着一只大笸箩把他和铺盖一同拉回村里去。老蒋气若游丝地问着吴大印关于俗儿的事情,吴大印没好气地告诉他,这一切都是俗儿带着日本人和汉奸做的。

原来，那天夜里，大水齐了子午镇大堤，风雨又大。春儿带着一队青年妇女守护着西北角。这段大堤原是很牢靠的，没顾虑到这里会出事，老常才把它交给妇女们。春儿是认真的，她一时一刻也没有离开，晚饭也是就着冷风冷雨吃的。她在堤上来回巡逻，这一段堤高，别处不断喊叫着培土挡堤，这里的水离堤面还有多半尺，堤身上也没发现獾洞鼠穴。这一段堤里面因为多年用土，地势陡洼，春儿对妇女们说："我们要各自留心，这里出了事可了不得。"

忽然，春儿就在队伍里发现了俗儿，俗儿口口声声地说着要给她们帮忙。春儿觉着俗儿出现在这里没什么好事，可是事态紧急，又没办法一直看着她。

大堤上黑得伸手不见五指，有人提议去田大瞎子家借马灯，可是谁也不愿意去，这时候俗儿自告奋勇前去了。俗儿借来灯，可是那火怎么也点不燃，俗儿借着撒尿出去了一会儿。等俗儿再出现，就是伴随着一声剧烈的爆炸声，接着又是几声，大堤转角处被炸毁了。破堤的特务们都钻高粱地逃走了，只捉住了一个俗儿。

等到大水成灾，房倒屋塌，庄稼淹没，人们更红了眼。天明时，几个青年人把俗儿架到堤上，要投到开口的大流里去。

最后是老常把他们拦下了。

老常是属于那样一类人，他惯于相信那些好人好事，在他的思想感情里，人的善良崇高的品质能够毫无限制地发挥到极致。他记下古往今来他能够听到的、给人类增加光辉并给了人类真实广阔的生活信心的典范。这些典范事迹完全占据了他的头脑，以致他对坏人，即使是坏到这样程度的人，也往往从宽恕的地方去想。他不大相信，世界上会有这样的坏人坏事。等到事实证明真的有了，他又暗暗难过，难过世界上为什么竟会有这样的人！平时，和坏人相对，吃亏的常常是他,伤痛的自然也就常常是他了。

(三)

冀中区的抗日军民,尽力抢救了水灾,排除了积水,及时播种了小麦。政府调剂了小麦种子,使受灾重的、贫苦的农民,也因为明年麦收有望,情绪安定下来。在冀中,每逢水灾以后,第二年的小麦总是丰收的。今年因为时间紧迫和地湿不能耕作,农民们就在那裂成龟背花纹一样的深阔的胶泥缝里,用手撒下麦种。妇女儿童都组织起来,参加了这一工作,在晚秋露冷的清晨,无数的农民低扬辗转在广漠的大平原上。

小孩子们还带来用柳条和粗纱布缝制的小网拍,捕打那因为天冷伏在地上的肥大的蝗虫,装在小布袋里,拿回去做菜吃。

因为山地水灾更严重,部队又集中在那里作战,冀中人民虽然受灾,但有些过去的余粮,还是按时交纳了公粮。春儿帮助村干部们,向群众解释:"我们少吃一口,也要叫山地的人民度过灾荒,叫我们的部队吃饱。"

"我们明白这个道理。我们每天每人省下一把粮食,集到一块就能养活很多人。我们苦一些,总是可以吃到麦收的。"群众都这样说。

春儿和村干部们都在行动上做了真实的表率。

但是征收到田大瞎子家的时候,田大瞎子提出他的地已经减少三亩的问题。

村干部找到老蒋家去,老蒋知道了田大瞎子不认账,就将责任推给吴大印,说当时把地租给吴大印了,现在吴大印的租米没给,理应找他要。

村干部又只好去找吴大印,吴大印气得晚饭都没吃。最后由村里做主,这块地减租免息,交给吴大印种,因为这块地放老蒋手里迟早也落个半荒。老蒋在火头上就答应了这个条件。接着,他就去报告了田大瞎子。

田大瞎子抓起桌上的一把锡酒壶,就掷到老蒋的头上去,一下打得老蒋血流满面,跑到区上告了。

区上先找人用棉纸和一些草药面,给他糊上伤口。问了情由,同意村里的建议,决定由村里帮助吴大印,赶快在这三亩地里播种小麦。

第二天,田大瞎子听见了,像疯了一样,提着一口大铡刀,站在地头上说:"看,谁敢种我的地!"

区上派人把他逮捕起来,因为他罪恶累累,决定交付公审。公审地点就在子午镇村边毁坏了的五道庙遗址上,这里是一堆烂砖瓦。这一天,天气很晴朗,没有风。附近村庄的农民都赶来了,凡是租种着或是租种过田家土地的人,凡是给田家当过长工或是打过短工的人都来了,他们挤到人群的前面。农民的怒火在田野里燃烧起来。

会上,由村干部控诉了田大瞎子历年来的罪恶:破坏抗日,勾结汉奸张荫梧,踢伤工人老温,抗拒合理负担,把政府对他的宽大当作软弱可欺。建议政府从严法办!

"不叫汉奸地主抖威风!"群众呼喊着同意了这个提议。

卷在抗日暴风雨里的、反抗封建压迫的高潮大浪涌起来了。一种积压很久的、对农民说来是生死关头的斗争开始了。一种光焰炽烈的、蔓延很快的正义的要求,在广大农民的宽厚的胸膛里觉醒了!

另外一个阶级,在震惊着,颤抖着,收敛着。他们亲眼看见田大瞎子,像插在败土灰堆里的一面被暴风雨冲击的破旗,倒了下来。

送公粮到边区山地的大车队伍,在腊月初的风雪天气里,绵延不断,浩浩荡荡地前进。细看起来,这队伍并不整齐,而且有时显得纷乱。其中骡马全挂的车辆并不多,最多的是单套牛车,有的多加一匹

小毛驴拉着长套。还有的是在车轴上拴一条绳子，车夫一边赶车，一边低着身子往前拉，他是心疼他那力气单薄的牲口，初次走这样长远的道路。然而，如果从头看到尾，看到这一支从冀中腹地，甚至是从津浦线，一直延长到平汉线的、昼夜不息鼓动前进的大车队伍，我们就可以真正认识它的雄壮的气魄和行动的重大意义。

子午镇和五龙堂的车队，只是其中的一个小队。高四海是小队长，春儿是指导员，她的任务除去政治工作，还要前后联络这些车辆和照顾那些车夫们，使得行进和休息的时候，人和牲口都能吃饱喝好，找到避避风雪的地方。她穿着一件破旧的灰布面羊皮袄，束一条搭包，头上戴一顶新毡帽，剪好的毡帽边缘，紧紧护着她的耳朵，露出的鬓发上，沾着一层厚厚的霜雪。

大车行军，遇到风雪是最大的困难。车夫们宁肯艰难地前进，也不愿意站在风地里停留休息。他们一心一意要赶到铁路边上，交割了任务。而大车前进，也像军人行军一样，前面顶住了，就要停止半天。每逢这个时候，车夫们喊叫着，袖着手抱着鞭子站着，有的就在车底下生起火来，烤手和烤化冻结的抹车油瓶。

他们走到定县境，平汉路上此起彼伏、接连不断的隆隆的炮声和爆破声，使远近的大地和树林都震动起来，拉车的牲口们，竖起耳朵惊跳着。车夫们也从来没有听到过这样激烈的战斗的声响，炮火的声音，完全把寒冷赶走了。

这是向敌人进攻的洪大的声响，是华北抗日战场，全体军民出动作战的声音。这一年冬季，日本向蒋介石进一步诱降，投降的空气笼罩着国民党的整个机构。响应敌人，他们发动了反共高潮。

我们发动了粉碎敌人封锁的大战，拔掉敌人据点，破坏敌人的铁路公路。这是一次强烈的总攻，战争在正太、同蒲、北宁、胶济、平绥、平汉、德石全部铁路上，同时展开。

芒种所在的部队调回了平汉线,两位记者同志也随同前来。各地民兵、民工,都来参加战争和破路工作。炸毁凿断,两个人抬起一段铁轨,一个人扛起三根枕木,一夜的工夫,平汉路北段就只留下了大大小小的坑洼。

"把大车赶到山里去吧!"车夫们在路上呼喊着。

在铁路边缘,一种通过两道深沟的运粮工作,紧张地进行着,无数民工扛着公粮口袋,跑过横搭在深沟上的木梯,木梯不断上上下下跳荡着。

在这样紧张的战争情况和紧张的工作里,芒种和春儿,虽然近在咫尺,但也未得相遇,做一次久别后的交谈,哪怕是说上几句话,或相互对望一眼也好。实际上,此时此刻,他们连这个念头也没有。他们的心,被战争和工作的责任感填满,被激情鼓荡着,已经没有存留任何杂念的余地。

当把粮食平安地运进边区,平原和山地的炮火,还没有停止,而且,越响越激烈了。

第二十一章

有一天，变吉哥站在驻地最高的一个山头上，遥望平原，写下一首歌词：

我望着东方的烟霞，
我那远离的亲人的脸的颜色。
你是为敌人加给你的屈辱激怒？
还是被反抗的硝烟炮火所熏蒸？

烟尘飞起，
是敌人的马队在我的村边跑过？
我听到了孩子们的哭声。
我望见你从村庄里冲了出来，
用寨墙掩护，
向侵略者准确地射击。

太阳从你的怀抱里升起了，
它奔着我滚滚而来。
反抗日本帝国主义的斗争，
已经把平原和山地的人民联系成血肉一体。

>我们的阵线像滹沱河的流水一样绵长，
>也像它的流水那样冲击有力。

>亲人啊，
>你的影子昨夜来到我的梦中。
>我珍重战斗的荣誉，
>要像珍重我们十几年无间的爱情！

这是一首简单纯朴的歌词。但是，即使是这样拙笨的并没有多大才华的歌词吧，假使它能幸运地伴同那粗糙的纸张和油印的字迹，遗留下来，使曾经度过这段光荣岁月的人，在若干年以后重读起来，也会感到特别的清新亲切，而不得不兴起再一次身临其境的感觉吧。它将在很多地方，超过那些单凭道听途说、臆想猜测写成的什么巨大的著作！虽然它不一定会被后来的时隔数代的批评者所理解。

历史，究竟是凭借什么东西，才能真实地、完整地保留下来，而传之久远？在当时，我们是把很多诗文写在残毁的墙壁上，或是刻在路石悬崖上。经过多年风吹雨打，它们还存在吗？河水曾经伴奏我们的歌声，山谷曾经有歌声的回响。是的，河水和山谷是永远存在的。然而，河水也在流逝，山谷的面貌也在改变。歌声和回响，将随时代和人们心情的变化而改易。口头的传说，自然是可靠的碑碣，然而，时过境迁，添添去去，叫它完全保留当时当地和当事者的心情，也会有些困难吧？

这样，在当时当地写下的，真正记录了人的思想和情绪、意志和操守的篇章，虽然幼稚，也就是最可宝贵的了。

当然，你这其貌不扬的篇章，也希望在将来，能遇到那真正的大手笔，当他苦心孤诣地网罗旧闻的时候，你能够幸运地被投入他那智慧的锦囊，成为他那真正的足以流传不朽的巨著里的一砖一石。但是，你或者并不愿意被那些文学上的不称职的人包裹而去。这些人，他们并不想去辛勤地用斧子和凿子剥开石头，从而自己也创造一座雕像。他们惯于在别人雕成的本来朴质的石像上，进行不必要的打扮和堆砌，给它戴上大帽，穿上臃肿的衣服，登上高底靴子。使人们看来，再也不认识那座雕像了，这样，就可以称为是他自己的"创作"。或者，客气一点说，是"改编"吧。本来是一支小曲，从来就是用一支笛子吹奏的，经过他的改编，就必须动员整体的乐队，这确实是复杂化了，但是，声调完全不同了，听众只能无端地陷于嘈杂和热闹之中。

是的，你就带着本来的朴素的面貌存留下去吧！

当然，篇章的或是人的前途和命运，大体上是可以预见到的。时代分别划定了人们前进的路程。只要在康庄大路上行走，就可以每天遇到和你奔赴同一方向的旅客。

我们的整个故事，好像并没有结束。但故事里的人物，将时时出现在我们的眼前，走在我们的身边。你尽可以按照你自己的学识和见地、阅历和体会、心性和理想，去判断他们每个人在将来的遭遇和结果。

不过，有些关于李佩钟的事，我想在这里告诉读者一下。李佩钟，在我们的故事里，并不是头等重要的人物。但是，一篇故事的作者，对待他的人物，似乎不应该像旧社会戏班的班主对待他的演员，有什么重视和忽视的分别。有些细心的读者，除去关心芒种和春儿是否已经结婚，也许还关心着她的命运。李佩钟自从那年受伤之后，身体一直衰弱，同年冬季，敌人对冀中区的"扫荡"，非常残酷，一天夜里，地委机关人员被敌人冲散，李佩钟从此失踪很长时间,杳无消息。后来就有些传言，说她被敌人俘至保定，后来又说她投降了敌人。第二年春天，铁路附近一个小村庄的人在远离村庄的一眼土井里淘水的时候，打捞出一个女人的尸体。尸体已经模糊，但在水皮上面一尺多高的地方，有用手扒掘的一个小洞，小洞里保存了一包文件。这是一

包机密的文件，并从文件上证实了死者是李佩钟。这样就可以正式判定：当他们那一队人，被敌人冲散以后，夜晚，李佩钟一个人徘徊在铁路旁边，想通过沟墙到山地里去。据同时失散的人回忆，那一夜狂风吼叫，飞沙走石，烽火遍地。李佩钟或是寻求隐蔽，或是被敌人追逐，不得已寻死，或是在荒野里奔走，失足落到这眼土井里。土井里水并不深，也许是她太疲乏了，太饥饿了，太寒冷了，她既不敢呼喊求救，也无力攀登出险，就冻死在水井里，她的生命，就这样结束了。但在死之前，她努力保存了这包文件。

作者在描述她的时候，不是用了很多讽刺的手法吗？但是，她那苗条的高高的身影，她那长长的白嫩的脸庞，她那一双真挚多情的眼睛，现在还在我脑子里流连，愿她安息！

现在回想起来，在那样严重的年月里，残酷的环境里，不管她的性格带着多少缺点，内心里带着多少伤痛——别人不容易理解的伤痛，她究竟是决绝地从双重的封建家庭里走了出来，并在几个场合里，对她的公爹和亲生的父亲，进行了针锋相对的斗争。这也是一种难能可贵，我们不应该求全责备。她参加了神圣的抗日战争，并在战争中牺牲了她的生命。她究竟是属于中华民族优秀儿女的队伍，是抗日战争中千百万烈士中间的一个。

她的名字已经刻在县里的抗战烈士纪念碑上。

ⓒ 民主与建设出版社，2020

图书在版编目（ＣＩＰ）数据

风云初记/孙犁著. -- 北京：民主与建设出版社，2020.11
（红色经典文学丛书/吴迪诗主编）
ISBN 978-7-5139-2920-2

Ⅰ. ①风… Ⅱ. ①孙… Ⅲ. ①中篇小说—中国—当代 Ⅳ. ①I247.5

中国版本图书馆 CIP 数据核字（2020）第 221801 号

风云初记
FENGYUN CHUJI

著　　者	孙　犁
责任编辑	王　倩
封面设计	博佳传媒
出版发行	民主与建设出版社有限责任公司
电　　话	（010）59417747　59419778
社　　址	北京市海淀区西三环中路 10 号望海楼 E 座 7 层
邮　　编	100142
印　　刷	湖南天闻新华印务有限公司
版　　次	2021 年 1 月第 1 版
印　　次	2021 年 1 月第 1 次印刷
开　　本	710 毫米×1000 毫米　1/16
印　　张	11
字　　数	142 千字
书　　号	ISBN 978-7-5139-2920-2
定　　价	32.80 元

注：如有印、装质量问题，请与出版社联系。